LE
DOMINICAIN.

LE DOMINICAIN;

OU

LES CRIMES DE L'INTOLÉRANCE,

ET LES EFFETS

DU CÉLIBAT RELIGIEUX.

Tantum Religio potuit suadere malorum !....

PAR T.....e.

TOME QUATRIÈME.

A PARIS,

Chez
PIGOREAU, libraire, place Saint-
Germain-l'Auxerrois, n° 28.
RENARD, libraire, rue Caumartin,
n° 750.

AN XI. — 1803.

LE DOMINICAIN.

CHAPITRE LXVIII.

Une inconnue arrache une victime à Géréon, et fait connaître à cette jeune personne toute la perfidie de ce monstre. — Le moine dénonce Valentin à la justice.

APPRENANT qu'une dame Agathine, marchande de modes, connaît depuis plusieurs années l'amante de Valentin, et consulte fréquemment son goût exquis, Géréon ne néglige rien pour la mettre dans ses intérêts ; anecdotes galantes, propos légers, complimens flatteurs, soupers délicats, présens recherchés, espérances séduisantes, tout est mis en usage avant la confidence relative à Victorine. La modiste consent à remettre secrètement la lettre que le moine lui confie ; mais au moment de sortir pour effectuer sa promesse, arrive à madame Agathine une de ces visites qui font le charme et la principale occupation des femmes à intrigue. Obligée de se faire remplacer auprès de Victorine, qui attend quelques objets de parure, elle jette les yeux sur une étrangère qui apprend sa profession, annonce beaucoup d'intelligence, et à laquelle Agathine croit peu de liaisons dans la ville. Cette demoiselle se charge volontiers de la commission, gagne la confiance de la jeune personne, et la détermine à profiter de la proposition qui lui est faite.

Deux jours après, une heure avant minuit, la jolie messagère se présente à la porte de la maison de Victorine,

attend son arrivée, annonce que le
lieu du rendez-vous n'est plus le même,
qu'une dame chez laquelle elles doivent se rendre pour voir Valentin,
qui est très-malade, a sa voiture au
coin de la rue, et qu'elles vont y monter.... Victorine passa le reste de la
nuit fort tranquillement, en se voyant
sous la garde de deux femmes très-
prévenantes.... Mais quelle fut sa surprise en reconnaissant dès qu'il fit
jour, sous les habits de son sexe, à
côté de l'artificieuse étrangère, le
charmant Dolondal, de Mérindol!...
Il se jette aussitôt à ses pieds, embrasse ses genoux, demande son pardon. Elle le repousse avec violence,
répand des larmes, et accable de re-
proches celle qui l'avait trompée.

Mademoiselle, dit l'étrangère avec
une grande douceur, vous me devez
plus de reconnaissance que de cour-

I.

roux. Apprenez que, par intérêt pour vous, j'ai engagé monsieur à vous rendre service.... Il est votre protecteur;... votre imprudente crédulité, votre confiance aveugle vous eussent, sans moi et sur-tout sans son appui, fait tomber entre les mains d'un monstre, fauteur de l'homicide de la dame Ursule et bourreau de Valentin!...

Ici, Victorine frémit, redoubla d'attention, et pria l'inconnue de continuer son récit.

·— Depuis long-temps ma religion méprisée, ma nation avilie, la trop juste vengeance qui soutient mon courage, l'humanité outragée, la raison proscrite et la nature en deuil me font un devoir de protéger les malheureux réformés contre les tigres qui les déchirent. Le plus féroce d'entre eux est le convertisseur Géréon : vous n'êtes pas la première victime que je préserve de ses projets infâmes... Epiant la conduite de ce papiste, j'ai découvert qu'il méditait votre déshonneur. A la fameuse Agathine, chez laquelle je travaille parce que l'on y apprend toutes les nouvelles, le perfide remit une lettre à votre adresse; j'en fus chargée; je la décachetai; j'y trouvai le premier indice de son crime; j'y opérai les changemens nécessaires à mon projet; je vous sauvai... Avanthier on arrêta Valentin, comme coupable de l'homicide de la vieille Ursule; il a été livré par son confesseur... Je demeurai dès-lors convaincu qu'il fallait, à tout prix, vous arracher au péril dont vous étiez menacée. En effet, sans le parti que j'ai pris, vous ne pouviez que retarder le triomphe du scélérat : tôt ou tard il vous eût mis en sa puissance, et vous savez sans doute le sort qui vous attendait après avoir assouvi ses passions criminelles.... Accusez-moi, Victorine; je vous ai empêché de succomber sous le poids du malheur.... Vous alliez être souillée par les attouchemens impurs d'un catholique romain ; je vous ai fait l'arbitre du sort d'un aimable calviniste.... Prononcez, à présent, entre le plus soumis des adorateurs, et le plus hypocrite des ministres d'une religion sanguinaire....

La belle affligée pressa l'inconnue contre son sein, remercia Dolondal de l'avoir sauvée du plus imminent danger, et s'abandonna à sa douleur.

Au déjeûner elle fut sensible à ses soins touchans, et lui permit d'essuyer ses larmes ; il l'embrassa tendrement, et Valentin fut moins regretté.

L'étrangère leur conseilla d'aller vivre à Lausanne (74), en attendant que leur patrie ne fût plus sous le joug flétrissant des prêtres.... Elle les quitta, promit à Victorine de venger la mort de Valentin, et reçut de Dolondal les adieux les plus affectueux.

CHAPITRE LXIX.

Georges fait à M. Zori la confidence de ses amours. — Secret de la naissance d'Eléonore. — Principes du jeune lord, en opposition avec ceux de cet ecclésiastique.

GEORGES, ayant vaincu les terreurs de l'éducation et triomphé des préjugés de la société, se livrait sans inquiétude à ses plus doux penchans ; il ne concevait pas qu'on pût être plus heureux que lui, aussi personne ne l'était-il... Tous les plaisirs étaient ses tributaires ; sa philosophie consistait à jouir avec confiance de la félicité présente, à ne la jamais troubler par les regrets du passé, à repousser sans cesse la pensée de l'avenir, à n'exercer son imagination que sur les objets qui lui communiquaient d'agréables sensations, afin d'embellir tous les charmes dont la vue enivrait son ame, de créer des beautés idéales qui allumassent ses sens, et de goûter dans la possession d'une amante adorée les voluptés piquantes de l'inconstance et les extases délicieuses de l'amour sentimental.

Plus faible, plus timide, Eléonore perdait son énergie en sortant des bras de son bien-aimé ; rien n'alarmait sa raison dans la solitude, les entretiens de Gloritz la fortifiaient ; mais des mouvemens involontaires l'agitaient péniblement quand elle se trouvait seule avec M. Zori. Quelquefois elle ressemblait à un coupable qui craint d'avouer son crime au juge chargé de le poursuivre. Ses yeux alors se rem-

plissaient de larmes, ses jambes refusaient de la porter, les pulsations de
son cœur étaient précipitées, ses veines
s'enflaient, une chaleur brûlante ani-
mait son visage, un tremblement
général faisait croire qu'elle avait la
fièvre... Cette erreur favorisait son
goût accidentel pour la retraite. Ne
pouvant supporter plus long-temps les
regards de son parent sans s'exposer
à une scène terrible, elle conjura le
lord de renoncer à la voir, ou de
prendre les moyens de la délivrer
d'une situation dans laquelle elle souf-
frait tous les tourmens d'une conscience bourrelée.

Georges, ne voulant ni enlever sa
maîtresse ni devenir son époux, se
trouvait fort embarrassé. L'attachement qu'il avait pour son père, l'a-
mitié vouée à son cher Pylade, la
considération accordée à M. Zori,

tout lui faisait un devoir de soumettre son amour à certaines règles extérieures que la vertu n'impose pas et que la bienséance exige impérieusement...

Le libertinage comporte des sentimens si bas, des habitudes si dégradées, une façon de penser si peu digne de l'homme, que le lord en craignait jusqu'à la réputation.

Désirant tranquilliser Eléonore, il demanda à M. Zori un entretien secret. C'est dans une promenade solitaire qu'il développa son plan de conduite à ce respectable ecclésiastique; une semblable confidence étonna beaucoup le ministre des autels.

— Vous me surprenez, Gloritz, lui dit-il, vos raisonnemens sont ceux d'un jeune homme galant qui, en amour, ne veut reconnaître d'autre règle que l'amour même. Je ne suis point un moraliste austère qui assujettit le sentiment à des maximes suggérées par sa mauvaise humeur ; mais je me fais un devoir d'opposer la voix de votre cœur aux subtilités de votre esprit.

Cette société si naturelle à l'homme, que nous appelons le mariage, est le concours de deux être sensibles pour une même fin, *la reproduction*. Vous avez atteint ce but, vos sens sont satisfaits ; mais la raison, mais la société, mais la morale réclament contre l'oubli, le mépris et la violation de leurs lois. Ecoutez-les, et vous trouverez dans l'union des sexes, outre le matériel accouplement du mâle et de la femelle, l'avantage commun du père, de la mère et des enfans. En effet, le principe fondamental, la première obligation découlent, dans l'espèce, présente de

l'utilité de ces trois personnes : utilité
également ménagée entre elles, et rap-
portée en dernier ressort au bien
général de la patrie.

— Je ne révoque en doute aucune
de ces vérités, mais je crains d'écraser
l'amour sous le fardeau du devoir...

— Craignez plutôt de sacrifier tous
les devoirs au plaisir de la volupté ;
bannissez ce système épicurien qui
nous concentre trop en nous mêmes,
et nous prive des douceurs de cette
bienveillance ineffable qui place notre
félicité dans le bonheur des autres...
Que deviendrait votre amie, si vous
ne lui surviviez pas ? Vos enfans !... qui
en prendrait soin après votre mort,
si vous refusiez de les avouer pendant
votre vie ?... De quelle considération
jouiraient dans un monde infecté de
préjugés, une veuve sans nom et des
orphelins sans existence civile ?...

— Je suis ému,... vous me touchez l'ame;... mais mon esprit se révolte, et ma raison frémit à la seule idée d'une union indissoluble.

— Votre religion n'exclut pas le divorce ; élevez-vous au-dessus des terreurs du moment, et recevez la main d'Eléonore en conformité de vos statuts. Vous êtes Anglais, vous pouvez vous soustraire à la persécution, et obtenir un jour dans Londres la ratification solemnelle de votre mariage. (75)

Georges ne put résister davantage à l'éloquence persuasive d'un homme qu'il révérait et à qui il avait les plus grandes obligations. Il renonça aux bouillans plaisirs de l'indépendance pour se procurer les jouissances paisibles et les droits sacrés d'époux et de père.

Ses questions sur les parens de

mademoiselle Bertin importunèrent d'abord M. Zori, mais peu-à-peu il prit la confiance de lui découvrir le secret de l'origine de cette aimable personne.

— J'aurais dû, milord, vous entretenir de cet objet important avant d'écouter les propositions relatives à Eléonore; je l'aurais fait, sans doute, si vous m'aviez consulté à la naissance de votre liaison; mais elle m'a paru tellement avancée, d'après votre propre aveu, que je me suis cru dispensé d'un récit qui me coûterait plus que la vie si vous ne m'inspiriez pas la plus haute estime.

« Un de mes paroissiens, nommé Edouard Bertin, dont la probité, la franchise et les vertus ne s'étaient jamais démenties, tua un lièvre, fut arrêté et condamné aux galères. Avant ce jugement inique, je fis paraître un mémoire dans lequel je rappelai les services signalés qu'il avait rendus à la patrie dans cette campagne mémorable qui soumit aux armes françaises, Charleroi, Ath, Tournai, Furnes, Armentières, Courtrai et Douai, où il était descendu le premier dans la tranchée, et Lille, où il avait fait des prodiges de valeur pendant le siége qui en détermina la capitulation après dix-neuf jours d'une résistance opiniâtre. Le factum fut lu avec intérêt par les habitans des campagnes; mais les seigneurs se permirent des propos injurieux à l'auteur, et les juges me le renvoyèrent sans en prendre connaissance :... ils prouvaient qu'on ne touche point des esclaves orgueilleux, toujours disposés à sacrifier le faible aux passions des grands... J'employai la ruse pour arracher une victime à l'ignominie,... je fis évader Edouard,... je le cachai dans ma maison... Il aimait éperduement une jeune personne d'une figure fort intéressante, de mœurs douces, d'une fortune au-dessous de la médiocre ; elle se nommait Clémentine Valmor. L'arrêt qui frappait son amant affligea son cœur sans abattre son courage. Elle vint me remercier des bontés que j'avais eues pour lui, me faire connaître l'état de son ame, et me demander comment elle pourrait recevoir sa main... Clémentine voulait porter avec Edouard le poids de l'infortune... Je ne tins pas à ce trait,... j'appelai Bertin,... les amans s'embrassèrent, leurs larmes coulaient avec abondance, et je pleurai comme eux... Je n'étais pas assez cruel pour les séparer : mon cœur et la nature m'ordonnaient de les réunir,... je le fis. Valmor prit soin de mon ménage, et consola Edouard de la méchanceté de son siècle... J'arrêtai durant quinze jours les transports de leur tendresse;... j'exigeai d'eux la plus mûre réflexion avant de sanctifier leur amour... Ils reçurent enfin la bénédiction nuptiale, et vécurent heureux environ six mois... A cette époque, la mère de Bertin étant en danger de mourir d'une maladie de langueur qui la faisait souffrir depuis la disparition de son cher Edouard, je ne pus l'empêcher d'assister à ses derniers momens, et Clémentine n'eut pas la force d'étouffer en lui les sentimens de la piété filiale... On connaissait l'attachement qu'il avait toujours montré à ses parens... On imagina que s'il était encore dans le pays, on le trouverait surement auprès de sa mère... On fit investir la maison,... on l'arracha des bras de la mourante;... il se défendit vigoureusement, blessa deux de ses arrestateurs, et fut assassiné par leurs camarades...

» Clémentine pleura son cher Edouard pendant trois mois, sans écouter aucune parole de consolation. Sur ces entrefaites je perdis un procès que m'avait suscité un des fermiers du comte de Lauris (76).... Ma ruine fut complète ; à mon insu la sensible Valmor paya de ses épargnes quelques dettes, et vendit, pour fournir aux besoins du ménage, les bijoux dont son cher Bertin lui avait fait présent. Cette femme généreuse oublia ses peines pour dissiper mes chagrins : j'oubliai mon devoir pour lui témoigner ma reconnaissance...; ma reconnaissance était de l'amour ; la sagesse de Clémentine se perdit dans les bras d'un homme qu'elle estimait beaucoup et qui l'aimait davantage. J'avais la taille, les yeux et la voix d'Edouard;... j'en parlais sans cesse quand nous étions seuls.... Clémentine me donnait son nom, afin que j'eusse ses bouillans transports... Je doublai mon existence sur le beau sein de Valmor.... Quelques mois avant son accouchement je l'envoyai à Marseille, où elle devait rester jusqu'à ce qu'Eléonore fut sévrée; je ne pouvais m'en déclarer le père : nous la fîmes passer pour la fille du pauvre Bertin. L'absence de Clémentine et la régularité apparente de ma conduite ne permirent aucun soupçon à cet égard. La crainte de perdre la réputation de Valmor me détermina à lui procurer, chez une Marseillaise fort riche qui vivait d'une manière exemplaire, une place de lingère, en attendant qu'elle pût y devenir demoiselle de compagnie.

» Un des chanoines de St-Victor

fréquentait assiduement la dame qui prenait soin de Clémentine ; il était, comme ses confrères, de noble extraction, parlait bien, affectait une grande piété et une charité sans bornes. Il entreprit de gagner à Dieu l'ame de Valmor , qui n'avait jamais cessé d'être irréprochable aux yeux de l'éternel ; il voulait en faire une religieuse de l'ordre de Sainte-Claire. La mère d'Eléonore m'adressa une lettre pour m'annoncer qu'elle renonçait au monde, et m'envoya sa fille pour que je prisse soin de son éducation.

» Sous prétexte de bien connaître sa vocation, le chanoine lui prescrivit une neuvaine dans le souterrain de son abbaye, à l'entrée duquel la Madeleine fit sa première pénitence. Le neuvième jour il persuada à la bonne dame que Clémentine devait boire l'oubli de ses fautes dans l'*urne canelée* qui avait contenu les parfums versés sur les pieds de Jésus - Christ par Ste Marie de la Palestine (77). En conséquence il l'emmena un jour avec lui de grand matin... ; jamais depuis on n'a pu découvrir ce qu'ils sont devenus. Ce rapt et les circonstances qui l'ont accompagné flétrirent mon ame, jusqu'au moment où Eléonore parvint à calmer le souvenir des malheurs de sa mère par la vivacité de son esprit et les qualités de son cœur. Elle m'appelle son cousin par amitié, et le public la croit fille du brave Bertin, dont je vous ai entretenu sans doute trop longuement. »

Ces détails intéressèrent infiniment Georges.... Il respecta dans M. Zori l'ami de la raison, chérit dans sa fille l'enfant de la vertu, et l'épousa quelques jours après dans le plus grand secret (78).

———————————————

CHAPITRE LXX.

Géréon rend visite à Éléonore. — Il veut la violer. — Comment Onelly retombe au pouvoir du moine. — Événemens inattendus.

L'INCONNUE, satisfaite d'avoir empêché Victorine de tomber dans l'abyme creusé sous ses pas, instruit les parens de cette jeune personne des moyens qu'elle a dû nécessairement employer pour déjouer, en faveur de Dolondal, les affreux projets du moine. Elle leur recommande le plus grand secret, et leur transmet, avec la lettre écrite par Valentin, à l'insti-gation de son confesseur, les détails les plus circonstanciés sur cet événe-ment.

Le cénobite ne sait s'il doit accuser Victorine de timidité, où la modiste de négligence : irrité d'avoir passé la nuit dans la rue, à attendre en vain sa victime, il se rend chez madame Agathine pour sortir de l'état d'incertitude et d'anxiété qui le tourmente. Ne voulant pas avouer qu'elle n'a point fait elle – même la commission , cette femme dit que sans doute l'amante de Valentin n'aura pu s'échapper de la maison paternelle. Géréon la prie d'y passer , afin de s'assurer s'il n'y a point eu de mauvaise volonté de sa part, ou si on ne l'a pas surprise à l'instant où elle se disposait à sortir. Agathine feint de n'oser se présenter dans cette maison avant de savoir ce qui est arrivé. Le moine, impatient, la conjure de l'obliger ; elle ne cède point à ses instances ; il fait preuve de générosité :

aussitôt les hésitations disparaissent, les scrupules se dissipent ; enhardie par cette dernière invitation, elle appelle l'étrangère, et toutes deux sortent comme pour aller ensemble rendre visite à la belle Victorine. Chemin faisant, la modiste accable son apprentie de questions sur la remise du message amoureux ; elle en obtient des réponses qui lui font croire que le rendez-vous pourra avoir lieu dans un autre moment. Désirant tout voir et tout entendre sans témoin, elle congédie Constance; ainsi se nomme l'étrangère.

Agathine ne sait comment expliquer l'aventure de la fuite de Victorine, qui lui est racontée avec l'expression d'une douleur si bien imitée, qu'elle se reproche intérieurement de s'être prêtée à une intrigue qui jette une famille respectable dans la désolation , sans tourner au profit du séducteur, dont elle a reçu divers présens. Son récit rend le moine furieux; elle cherche à le calmer par toutes sortes de caresses....

Je connais, lui dit-elle, un M. Zori, curé de***; il a une charmante cousine dont la régularité des traits , la vivacité des regards , la fraîcheur et les grâces forment une personne accomplie.... Que ne le voyez-vous? Votre ministère vous ouvre toutes les portes, et principalement la sienne. Il est doux , honnête , sans morgue; il vous accueillera bien , et sa jolie parente sera flattée de votre hommage... C'est un cœur neuf, une ame tendre, un morceau friand.... Ah! monsieur l'abbé, vous ne sauriez faire un meilleur choix...; mais quel dommage de voir cette timide colombe dans les serres d'un....

— Vous m'accablez, madame Agathine... ; je vous croirais des scrupules si je vous jugeais sur les apparences...; fi donc! allons, embrassez-moi, petite mère; adieu.... Je vole rendre à mon confrère une visite d'estime : il me tarde de voir un si digne homme.

Constance ayant entendu leur conversation à travers une cloison qui séparait de la boutique le cabinet où ils étaient, prit dès le même soir toutes les mesures nécessaires pour être informée des moindres démarches de Géréon.

Le lendemain le *convertisseur* se fait conduire au village de ★★★, se présente chez M. Zori, qui le reçoit cordialement, trouve mademoiselle Bertin fort aimable, se monte la tête, son imagination s'allume, son sang gonfle ses veines; il projette de l'enlever, mais après l'avoir violée, dans

3.

la crainte qu'elle ne lui échappe, comme Victorine. Il se retire bientôt, dans l'intention de revenir à la première occasion favorable, et reparaît deux jours après. Croyant Eléonore seule à la maison, il témoigne le désir de s'entretenir avec M. Zori; elle lui apprend qu'il est absent, et tardera encore quelque temps à rentrer. Cette réponse l'enchante, il sollicite la permission d'attendre le retour de son confrère.

— Volontiers, monsieur; mais il faut vous munir de patience.

— Mademoiselle, on ne saurait passer plus agréablement le temps qu'auprès de vous....

— Vous êtes trop honnête, monsieur; vous paraissez avoir marché très-vîte, qu'aurais-je l'honneur de vous offrir?

— Je suis à la vérité fort échauffé;

mais je ne voudrais pas vous importuner.

Eléonore se lève et va chercher une bouteille de vin. Pendant ce temps il ferme furtivement toutes les portes, la suit, l'embrasse et se permet d'autres libertés. ... Elle pousse des cris perçans. ... Sa compagne, occupée dans une autre pièce, quitte son travail, et survient avant que mademoiselle Bertin ne soit souillée par les dernières caresses du moine, qui, apercevant Onelly, abandonne Eléonore, et s'écrie : Ciel ! serait-il possible ?... Onelly, chère Onelly !... est-ce bien vous ?... Ces exclamations surprennent étrangement la cousine de M. Zori.

— Oui, monstre, c'est bien moi, répond milady Gloritz avec indignation.

Géréon la prend brusquement dans

ses bras musculeux, et la porte sur un lit, malgré sa résistance et celle d'Eléonore, qui s'efforce de la délivrer.

Dans le même instant, on frappe à la porte à coups redoublés; mademoiselle Bertin s'échappe pour ouvrir; il la poursuit vivement; Onelly profite de cet incident pour réparer le désordre de ses vêtemens. Le moine leur défend, sous peine de la vie, de favoriser l'entrée de qui que ce soit; il veut fuir par les derrières, prend une échelle pour franchir une assez haute muraille; mais aussitôt la porte est enfoncée, des gens armés se répandent dans les appartemens; un jeune homme les guide, il arrête Géréon, en le menaçant de son épée, et le fait entourer par son escorte.

Divine et dangereuse lady, s'écrie le cénobite avec l'accent du désespoir; mais non, pardonne à l'égare-

ment de mon esprit; tu aurais fait ma
félicité si une religion barbare qui
interdit à ses ministres les plus doux
sentimens de la nature leur permet-
tait d'en observer les saintes lois....
Aurais-je, dans ce cas, brisé le frein
sacré de la morale?... Onelly, ne le
croyez pas!... Destin cruel! affreuse
providence! je vous maudis....

Les blasphêmes du missionnaire
provoquent la fureur des sbirres, qui
lèvent tous spontanément le bras pour
le frapper.

Arrêtez, dit leur guide, dont la voix
argentine les amollissait déja..., arrêtez; suspendez vos coups : il n'appartient qu'au magistrat de chercher et
de punir le crime dans l'individu que
sa faiblesse fait tomber entre vos
mains.

Généreux jeune homme, répond
le moine attendri, ne m'ôte point la

consolation d'être victime de leur zèle sanguinaire.

... — Je ne puis souffrir que tu périsses d'une mort ignorée; ce serait un attentat à la raison, à la justice, à l'Être Suprême : la société demande que tu sois puni d'une manière exemplaire, et la politique exige que le criminel jouisse, jusque sur l'échafaud, des égards que l'humanité doit au malheur....

Onelly et sa compagne ne savent à qui elles doivent le miracle de leur délivrance.

Hémandel et Gloritz ayant appris que la force armée était chez M. Zori, se sont hâtés d'y arriver. Dès qu'ils virent Géréon et connurent ses nouvelles tentatives de viol, leur surprise fut extrême; rien ne pouvait l'égaler, sinon la satisfaction qu'ils éprouvaient en retrouvant dans le libérateur des objets de leur tendresse la juive sublime qui avait juré de venger la mort affreuse de Zoé Lévi, assassinée par des juges iniques, religieux et cruels.

Dès que le procès-verbal de l'arrestation du moine fut dressé, Thècle Benjamin se retira avec le détachement au milieu duquel il était, et promit de se rendre aux invitations qu'on lui faisait de revenir souper le même soir chez M. Zori.

CHAPITRE LXXI.

Géréon démasqué. — Les amans et leurs familles sont forcés de quitter la France. — Ils se réfugient en Suisse.

Dès que le vieux lord et M. Zori furent de retour, on leur apprit les dangers que milady Gloritz et mademoiselle Bertin avaient courus. On les entretint également des crimes et de l'arrestation du cénobite, du dévouement et des vertus de Thècle. Après le souper on la pria de raconter ce qu'elle savait encore de relatif à Géréon, comment elle avait obtenu un décret de prise de corps contre lui, par quel motif elle s'était travestie et mise à la tête des individus chargés de s'assurer de sa personne. Elle satisfit la société en ces termes :

« Des dragons ayant parcouru, presque sans succès, les provinces où il y a beaucoup de réformés, avec ordre d'accabler de mauvais traitemens ceux qui refusaient *d'aller à la messe* (79); des prêtres, des moines et des Jésuites ne pouvant opérer un grand nombre de conversions, ni avec les armes de la Sorbonne, ni par les promesses et les menaces, les violences et le pillage, les tortures et les supplices; l'abbé Pélisson envoya dans les cantons ravagés, où le viol, l'adultère, le meurtre, les persécutions et la misère n'avaient pu convaincre les protestans que la religion de leurs bourreaux fût la seule véritable; cet ecclésiastique envoya, dis-je, des femmes dévotes, surnommées *dames de miséricorde,* dont l'odieuse mission consistait à offrir des secours, sous la dure condition d'apostasier, aux malheureux qui expiraient lentement dans les horreurs de la faim, après avoir vu dévaster leurs propriétés....

» A cette époque, madame Hervard, guidée par le sentiment de l'humanité, opposa aux corruptions pécuniaires du fanatisme tous les bienfaits de la charité. Elle fit choix de personnes dévouées et probes, qui voulussent bien s'exposer aux dangers de consoler des proscrits qu'un clergé puissant opprime au nom de sa religion et de son Dieu.

» Honorée de la confiance de cette dame respectable, je m'attachai principalement à connaître les missionnaires les plus dangereux. Géréon fixa bientôt mon attention tout entière par l'atrocité de sa conduite, ses nombreux succès, ses débauches scandaleuses et les forfaits dont il se rendait coupable pour assouvir ses passions effrénées. Jugez de ma surprise et de mon plaisir à le perdre, quand je reconnus dans la personne de ce moine le monstre qui avait occasionné les malheurs de Zoé Lévi... Je remarquai que les *convertisseurs* faisaient espionner les plus jolies femmes par une marchande de modes, chez laquelle se donnaient des soupers délicats, où les cénobites violaient leurs vœux, et où les autres ecclésiastiques abandonnaient le culte de Marie pour sacrifier à Vénus.... Sous le nom de Constance, je travaillai chez la modiste Agathine, où j'appris tout ce qu'il m'importait de savoir, par une de ses demoiselles qui était initiée, et dont je devins la confidente. Je prévenais les protes-

tans, menacés du rapt de leurs filles
et de la corruption de leurs épouses.
Quand les parens négligeaient mes
avertissemens, je servais le Dieu des
amours contre celui de la Saint-Barthélemi.... Vous avez sans doute entendu parler de l'aventure arrivée à
Victorine-Cavaillon : eh bien ! c'est
moi qui l'arrachai, en quelque sorte,
des bras de Géréon, pour qu'elle de-
vînt la récompense des vertus du beau
Dolondal, de Mérindol. J'instruisis
hebdomadairement madame Hervard
des intrigues et des forfaits du moine;
elle fit prendre sur son compte des renseignemens, dont il résulte qu'avant
de jouer le rôle perfide de *convertisseur* , il s'était souillé , sous divers
noms , de crimes commis en Angleterre et en France.... Constamment
associé à des forfaits politiques , il
vivait par-tout dans l'impunité, sous

la protection de quelque scélérat en crédit.... J'ai reçu l'ordre de présider à son arrestation, et de veiller à ce qu'il ne pût échapper à la justice. Voilà la raison de mon déguisement. »

La compagnie remercia Thècle Benjamin de sa complaisance ; Oreste et Pylade rappelèrent apologétiquement sa promesse de venger la mort cruelle de Zoé Lévi, observèrent d'une manière délicate que le nom de Constance lui convenait à merveille, et louèrent beaucoup son zèle à défendre les opprimés. Eléonore et Onelly la conjurèrent de les honorer souvent de ses visites. M. Zori prétendit que les excès dont elle avait été témoin appartenaient aux hommes, qui abusent de tout, et non à sa religion, qui commande d'aimer son prochain comme soi-même. Il la pria de lui parler des mesures que l'on prendrait sans doute pour mettre un terme aux malheurs des protestans, qu'il se plaisait à regarder comme des frères.

— Il n'est plus, monsieur, d'espoir pour ces infortunés.... Je suis chargée de leur conseiller la vente secrète de leurs biens, et une fuite précipitée, soit dans les montagnes de la Suisse, soit dans les marais de la Hollande, sous le ciel vif et dur de l'Allemagne, même jusque dans les contrées glacées du Nord, par-tout où ils pourront cacher leurs têtes proscrites..... On doit prononcer l'exil général de leurs ministres, confisquer les biens de ceux qui les suivront, jeter dans les cachots ou condamner aux galères les réformés qui refuseront de se soumettre au joug de leurs persécuteurs hypocrites ; traîner sur la claie et exposer à la voirie, le corps de ceux qui seront morts sans avoir reçu les sacremens (80).... Vous frémissez d'horreur!!!... Cet abomination ne sera cependant pas la plus cruelle... : on se propose de rendre un arrêt qui permette aux catholiques papistes d'arracher à leurs parens protestans les gages de la tendresse conjugale (81).

Dans ce siècle de lumières, dit Hémandel, il est de bons esprits, des amis de la vérité qui sauront éclairer la religion surprise de monarque ; on lui fera le tableau effrayant de deux millions de citoyens portant chez l'étranger leurs lumières, nos arts, notre industrie, les débris de leur fortune, de bons soldats, d'excellens officiers, des marins habiles, des juris-consultes éclairés, et cet amour de l'ordre qui maintient la paix dans l'intérieur des états, purifie les mœurs et fait éclore toutes les vertus.

4

(M. Zori sortit pour remplir un devoir d'humanité.) -

—Désabusez-vous, monsieur; le roi n'est plus entouré que de flatteurs qui l'égarent, de perfides qui le trompent et de prêtres qui gouvernent en son nom. Ces derniers, sur-tout, maîtrisent tellement les esprits qu'ils peuvent, à leur gré, renverser l'ordre social, ordonner le bannissement des sujets ou l'assassinat du prince (82)... Il n'oserait s'opposer ouvertement à leurs prétentions; Henri-le-Grand fut poignardé pour avoir publié l'*équitable et célèbre édit de Nantes*; le même sort attend Louis XIV s'il refuse de le révoquer.... Quant à nous, il ne nous reste qu'à fuir une terre où l'odieuse superstition secouera bientôt les torches de la guerre civile, se saisira audacieusement du sceptre pour le faire passer en d'autres mains si le monarque lui résiste, ou le tremper dans notre sang s'il consent à régner sous la protection de l'église de Rome....

Onelly et mademoiselle Bertin gardaient le silence ; le vieux lord et Gloritz pensaient comme Thècle Benjamin. Hémandel flottait entre la crainte et l'espérance... Le retour de monsieur Zori, que l'on consulta sur ce qu'il y avait à faire, mit fin aux incertitudes. Ce respectable ecclésiastique n'improuva point le projet d'émigration, et consentit à laisser partir Eléonore avec son époux, après lui avoir révélé le secret de sa naissance. Mademoiselle Benjamin demanda trois jours pour terminer ses affaires. Adolphe vendit ses propriétés à des notaires que connaissait M.

Zori, à qui il donna sa procuration. On demanda l'avis du vieux lord sur le choix du lieu où il convenait de chercher un asyle.

Entouré des objets de mes affections, je serai, dit-il, heureux en tout pays; j'en excepte néanmoins ma patrie, où règne maintenant le vindicatif Jacques II, dont je blâmai plusieurs fois hautement les sévérités exercées contre les *non-conformistes* (83), pendant son administration d'Ecosse.

L'air salubre de la Suisse et la bonhommie de ses habitans, déterminèrent le lord, sa famille et Constance que chérissaient Eléonore et Onelly, à fixer désormais leur résidence dans cette cité protestante, située à une demi-lieue du bord septentrional du lac de Genève, et arrosée

par deux petites rivières qui y passent :
l'ose et l'aune d'où lui vient son
nom.

CHAPITRE LXXII.

Arrivée à Lausanne. — Rencontre imprévue. — Scène d'une horrible singularité.

L'ÉDIT qui révoque celui de Nantes fut dressé par le marquis de Châteauneuf, et donné à Fontainebleau au mois d'octobre de 1685.

A peu près à la même époque, Géréon avoua ses crimes après avoir subi la question préparatoire, et mourut les yeux fixés sur un crucifix qu'il tenait de la main droite, essuyant avec l'autre ses yeux baignés de larmes amères ; ainsi périssent les scélérats, la dévotion et le crime dans le cœur ....

Trois jours avant la révocation impolitique, barbare et sanguinaire de l'édit de Nantes, le lord Gloritz et ses enfans, Hémandel, Eléonore et Thècle Benjamin avaient quitté le territoire français et pris le chemin de la Suisse, où ils étaient arrivés sans obstacle. On leur fit à Lausanne cet accueil amical qui est si conforme aux principes religieux et à la conduite habituelle des protestans.

Adolphe obtint enfin la main d'Onelly, dans le temple et précisément à l'heure où Dolondal, de Mérindol, recevait celle de Victorine-Cavaillon, qui était accompagnée par une dame d'une figure fort agréable, quoique sillonnée par de profonds chagrins. Constance pousse un cri de joie en voyant le beau couple qu'elle a réuni malgré la perversité de

Géréon..... Les jeunes époux l'embrassent et ne veulent plus qu'elle les quitte...

Au moment où tous les cœurs se livrent aux impressions de la joie dans les appartemens du lord Gloritz, chez lequel les deux noces sont réunies, on remet à mademoiselle Benjamin une lettre dont la lecture fait contracter horriblement ses muscles.... La douleur, l'abattement et le désespoir sont peints dans ses traits altérés.... On s'empresse autour d'elle pour la secourir....; la voix de l'amitié l'importune....; On veut la consoler, elle repousse tous ceux qui l'entourent....; Onelly lui parle de ses vertus, elle se couvre avec fureur le visage de ses mains tremblantes...; ses pieds frappent la terre, comme s'ils lui demandaient un dernier asile contre le malheur dont la trop sensible

Thècle est accablée.... C'est à qui s'enquêtera du sujet de ses peines cruelles.... Toujours silencieuse, et continuellement obsédée des soins multipliés que l'on prend pour la rétablir dans son état naturel, elle fait des efforts énergiques, semblables à ceux d'un malade qui veut lutter contre la mort; elle rassemble enfin toutes ses forces, se coupe la langue avec les dents, et périt d'une hémorrhagie accompagnée] d'un accès de fièvre convulsive....

Cette catastrophe fit couler des larmes de tous les yeux. On se demandait quel revers avait pu abattre une ame aussi forte?.... Je ne saurais imaginer, dit Adolphe, les motifs d'un trépas aussi effroyable.... Pourquoi Constance, qui a pu survivre à Zoé Lévi pour la venger, abrége-t-elle ses jours, quand elle n'a plus qu'à recueillir les fruits de ses travaux?... Pour moi, observe Georges, le supplice douloureux et singulier qu'elle a préféré à tout autre moyen de rompre le fil qui la tenait attachée à la vie me porte à croire que cette étonnante créature voulait se punir de crimes commis par l'organe de la parole, ou craignait de révéler des secrets qui auraient pu compromettre sa réputation.... Au surplus, voyons la lettre funeste qui nous prive de sa société, et renferme sans doute d'affreux mystères.... Il s'approcha pour saisir le papier qu'elle avait à la main droite, restée appuyée sur son front et fortement fermée.... Les doigts de Thècle semblaient résister au mouvement opéré pour leur enlever la fatale épître. A peine ses yeux se trouvèrent-ils exposés aux regards du lord, qu'elle éprouva une crispation qui annonçait une sensation très-pénible; ses paupières parurent agitées, et l'on eût dit qu'elle cherchait encore à fuir la clarté du jour.... A cet aspect sinistre, un frémissement général et des soupirs mêlés de sanglots firent connaître à l'époux d'Eléonore qu'il fallait différer une lecture qui aurait déchiré l'ame de son ami et affligé profondément la sensibilité des dames.

Dolondal se chargea de tout disposer pour que les honneurs funèbres fussent accordés aux mânes de l'infortunée Benjamin, avec la pompe qu'il leur devait par reconnaissance, et qu'elle avait mérité, selon le témoignage précédemment rendu à ses vertus par Hémandel et Gloritz.

Georges lut enfin la lettre meurtrière; elle fut fréquemment interrompue par diverses exclamations

conformes aux effets qu'elle produi-
sait sur chaque auditeur.

La voici, avec les lacunes occa-
sionnées par la perte des morceaux
disparus sous les dents furieuses de
Thècle, ou noyés dans les flots de
sang sortis de sa blessure.

« De Colmar, le ....

» Trop coupable Thècle....; chère
et malheureuse enfant que *le Dieu
d'Abraham* déposa dans mon sein par
un crime!!!....... Etrange aveugle-
ment de ton esprit, tu te loues à
moi, ta mère, d'avoir ....
. . . .
. . . .
Le crime de ta vie surpasse, mais
n'efface point celui de ta naissance....
Puis-je te le . . . .
. . . .
. . . . à mes prières,

à mes larmes, à mes sacrifices, tu le sais, ma Thècle, ma fille, si je dois encore t'appeler de ce nom ; tu sais qu'ouvrant, après plusieurs années de refus, l'oreille à ma plainte, le Dieu d'Israël féconda mon flanc et me donna notre petit Isaac ; Isaac, l'honneur de ma race ; Isaac, la vivante image de mon époux bien aimé ; le sage Isaac, qui apprenait tout comme un prodige, et savait sa *Bible* comme le premier rabbaniste. Eh bien, ces jours derniers, j'allai le laver dans les eaux de Rotbach : j'avais et mon fils et ta dernière missive.... Le courant, comme par miracle, était rapide en cet instant funeste, et tu sais que cette petite rivière peut presque toujours être assimilée à la mer Rouge, traversée à pieds secs par nos pères....; le courant emporta Isaac.... Pour ton horrible lettre, elle

fut jetée sur la rive, à quelques pas
au-dessous du lieu où elle s'était
échappée de mes mains débiles....
Me rappelant malgré moi la tache
de ta conception, et l'innocente origine de mon fils, et ses vertus, et ton
parricide, j'allais élever un doute sacrilège sur la divine justice.... J'en
reçus à l'instant la peine : l'éternel
fit rouler son tonnerre, la foudre
embrasa un buisson auprès duquel
je venais, moi fille de l'homme,
moi épouse maculée, moi la mère de
la barbare Thècle.... Ah! pardonne
à ma douleur!!!.... mais.... la force....
la vérité!!!.... auprès duquel j'avais
attaché au ciel des regards de reproche, d'inquiétude, en ouvrant la
bouche au blasphême.... Le buisson
est perdu dans le sein de la foudre;
mais ta lettre, cruelle! mais ta lettre
est restée là, intacte devant moi,

comme l'échafaud pour le supplice du coupable.... Apprends, apprends tout, tout, tout...., si je le puis....; car on est encore, et toujours mère, ayant même une Thècle pour fille, une Thècle couverte du sang de son.... Ecoute.... Etait-ce à toi de punir ses crimes?.... te défiais-tu, malheureuse! de la vengeance du Dieu implacable, du Dieu des armées?.... Où fuir?.... où te cacher?.... la terre a-t-elle des entrailles assez vastes?.... sont-ils assez profonds, les abymes éternels, pour engloutir la parricide?........., Sois attentive et sévère envers toi-même, si tu veux mériter la clémence de ton Dieu; je sens que je vais comparaître devant son trône; ma religion fait taire la nature, elle me commande d'être mère selon le cœur de Dieu.... Ecoute donc, pour la dernière fois; reçois, avec mes vœux et mes adieux, l'expression de la vérité, de la vérité pure comme le firmament, et terrible comme l'apparition du Mont-Sinaï.

» Après la foire de . . . . . ton père, non pas ton père, mon mari ayant transgressé les lois de la sobriété, je le laissai en mauvais lieu, et quittai la ville, au soleil couchant..... Sur la route, je rencontrai un ecclésiastique; il était à cheval, il se chargea de mon ballot; il doubla le pas, j'eus des craintes; il m'invita à monter en croupe derrière lui, j'acceptai avec joie sa proposition. Son honnêteté me toucha, je me reprochai d'avoir manqué de confiance en sa probité. Nous logeâmes dans la même auberge, dans la même chambre.... Il usa de violence. . . . .
Ce perfide est ton père....; c'est le meurtrier de Philéas...., le suborneur

de Catherine...., l'assassin de milady Gloritz; il a perdu Ursule et Valentin; coupable du rapt d'Onelly, il a voulu flétrir mademoiselle Bertin.... Tous les forfaits, il les a commis; mais il appartenait à sa fille d'en poursuivre le châtiment et d'en accroître l'horreur par un parricide!!!.... Les remords et les furies assiègent mon lit de douleur et m'entraînent dans l'éternité. . . . . , ... Puissé-je t'y précéder, ma fille!.... et puisse-tu y devancer ton père!.... . . . . Le Dieu qui ne put nous empêcher de souiller nos ames dans le bourbier du crime serait-il assez puissant et assez miséricordieux pour nous pardonner?.... . . . . Doute impie!.... Ah! je meurs, pour ne plus ajouter à la masse de mes iniquités..... Adieu, Thècle! Thècle!.... Adieu, ma fille.... »

Les dames ne purent écouter long-
temps cette lecture affligeante. Le
père de Georges et Dolondal, blâmaient l'indiscrétion de madame Benjamin. Hémandel regardait ces évè-
nemens comme une preuve évidente
de l'impénétrabilité des desseins de
la Providence, et Gloritz les prenait
pour la déplorable histoire du cœur
humain, égaré par les préjugés de
l'ignorance et perverti par les systêmes
religieux.....

CHAPITRE LXXIII.

*Reconnaissance intéressante. — Lettre
de Georges à M. Zori. — Dénouement.*

APRÈS le retard occasionné par
la mort de Thècle Benjamin, les
deux noces se célèbrèrent en commun... Pendant le festin, on but à la
santé de M. Zori; l'amie de madame
Dolondal, qui jusqu'alors avait fixé
ses regards sur Eléonore, se trouva
mal dès que l'on articula le nom de
ce pasteur respectable; mademoiselle
Bertin voulut la soulager, et ne fit
qu'accélérer son évanouissement; elle
la délaça d'une main agitée, et appuya
sa tête brûlante sur son sein. Ce mouvement fit sortir du corset de cette

dame, un médaillon dont le type représentait le portrait de M. Zori, et le revers, celui de Clémentine Valmor allaitant un bel enfant. On lisait sur l'exergue : *Chère petite créature, puisse-tu chérir un jour ta mère comme ton père en est adoré!* Eléonore pressait le médaillon sur son cœur, et prononçait des paroles entrecoupées. Georges s'étant approché d'elles pour les secourir, fut frappé de la vérité des ressemblances que l'art lui transmettait : il avait les modèles sous les yeux et dans son cœur.

— Ho, mon épouse! ho, ma mère! s'écria-t-il. Il ne put articuler que ces mots... L'une et l'autre le ceignirent de leurs bras caressans, et l'inondèrent des pleurs de la sensibilité, de la joie, de la reconnaissance...

— Madame Valmor, auriez-vous retrouvé votre fille, lui demanda Dolondal?...

— Ho ! monsieur , c'est bien ma tendre amie , mais en dois-je croire le témoignage de mes sens ?

Gloritz la confirma dans cette heureuse idée , fit part à M. Zori de cet évènement inattendu , en développa tous les détails avec l'exactitude la plus délicate , lui annonça que madame Bertin ne quitterait plus désormais son intéressante Eléonore , et que cette mère , trop long-temps infortunée , aurait la consolation et voulait bien leur faire le plaisir d'élever les enfans qu'ils attendaient du plus tendre hyménée. « Mais, continuait-il, pourquoi l'horizon du bonheur n'est-il jamais sans nuage ?.... et par quelle maligne influence les plus éclatantes vertus sont-elles tôt ou tard accablées sous le poids de l'adversité ?...

» L'alégresse la plus complète, la

plus pure, la plus indicible, a ét
instantanément suspendue par un
de ces catastrophes qui ébranlent les
courages les plus héroïques et déchirent les ames les moins accessibles
à la douleur.... Le pourrez - vous
croire , M. Zori?.... L'incomparable
Thècle est morte plus malheureuse,
mais non moins innocente que l'intéressante Zoé Lévi, qui vous a ins
piré un si puissant intérêt, au seul
récit des circonstances fatales aux
quelles elle dut ses infortunes.

» De retour du temple où Hémandel et Onelly venaient de recevoir la
sanction de leur mutuelle tendresse,
à peine sommes - nous réunis en
famille, pour jouir des plaisirs de
la sainte amitié et nous livrer aux
étreintes du plus ardent amour, que
la fête nuptiale est tout-à-coup trou-
blée par un spectacle horrible qui

me pénètre encore d'effroi, moi qui seul ai pu en soutenir la vue....

» Benjamin reçoit d'une amie un paquet renfermant des témoignages d'attachement et une réponse à une lettre qu'elle avait écrite à sa mère, pour l'instruire de ses succès contre l'affreux Géréon.... Eh bien! soit fanatisme ou faiblesse, ou toute autre maladie de l'imagination; car à quoi attribuer tant de cécité?.... cette mère, jusqu'alors en possession des hommages respectueux et tendres de sa fille, se résout inopinément, sous prétexte qu'elle va mourir et que son Dieu lui ordonne de se confesser à la malheureuse Thècle, elle se détermine, dis-je, à s'accuser d'adultère, pour reprocher un parricide à celle qui vengea la société des crimes du moine, et pour lui apprendre enfin que ce Géréon vit encore dans la personne de la libératrice de mon aimable Eléonore , que dans les veines de la vertueuse Benjamin circule le sang du ravisseur d'Onelly !!!.... C'est assez vous arrêter sur ces affreux tableaux....; mais.... non, je ne puis vous taire la mort de la juive sublime....; sa gloire est attachée à cette dernière partie de ma narration : j'aurai la force de continuer.... Nous entourons Thècle Benjamin , aussitôt que ses joues se sillonnent par la douleur; nous lui en demandons le sujet avec sollicitude.... On ne donne point de semblables renseignemens quand on sait préférer une mort prompte et terrible à une vie sans honneur.,... Semblable mais supérieure au sage qui abandonne sa maison quand la main du Destin y met le feu de l'incendie, la compagne de Zoé s'élance dans les bras glacés de la mort, avec le courage de Tymicha (84), et quitte héroïquement une planète où le crime et la vertu luttent sans cesse, à forces inégales, pour le malheur des hommes et *à la honte des Dieux*.... »

Cette épître fut terminée par des protestations d'amitié , par l'éloge des charmes et du cœur d'Eléonore, et par quelques lignes sentimentales que la mère de cette jeune personne y ajouta.

Après tant d'émotions diverses, et souvent pénibles, on se livra aux plus tendres caresses.... Clémentine était muette de plaisir. Dans les regards, la timidité et l'embarras d'Hémandel et d'Onelly on remarquait la violence des désirs amoureux... Georges pria madame Valmor de raconter ce qui lui était arrivé depuis qu'elle avait quitté la ville de Marseille.

« Milord, vous savez sans doute, dit-elle, que j'y vécus chez une dame où un chanoine, nommé Tomassin, m'inspira du goût pour le cloître... Le fourbe méditait de me déshonorer... Dès qu'il eut ma confiance, il m'enleva, et me fit croire qu'il me conduisait en pélerinage à Notre-Dame de Lorette. A la seconde couchée, il se leva vers minuit, dans le dessein de profiter de mon sommeil... Au lieu d'entrer dans ma chambre, il se glissa par mégarde dans celle de la demoiselle de l'auberge, prit place à ses côtés, et ne fut pas traité cruellement. L'amant survint bientôt; c'était un officier de la garnison. Il saisit l'abbé par les cheveux, et lui passa son épée au travers du corps. La jeune personne favorisa sa fuite, et

gémit de l'erreur qu'elle avait com-
mise en prenant un prêtre assez âgé
pour un militaire plein de force et
d'ardeur. Cette aventure me fit connaître à quels dangers j'avais été
exposée. Je me trouvai libre par la
mort tragique de M. Tomassin, mais
sans aucune ressource...

» Une lingère de Genève logeait
dans la même hôtellerie avec son
époux; ils allaient s'établir à Lausanne. Me trouvant dans une grande
affliction, elle chercha à me consoler,
et le fit avec tant de délicatesse, que
je l'instruisis de mes malheurs. Cette
marque de confiance me valut son
amitié et l'estime de son mari; ils
m'engagèrent à rester avec eux, si je
le trouvais bon. Je profitai de leur
bienveillance jusqu'à la mort de cette
dame; je pris alors le parti de rac-
commoder de la dentelle, afin de vivre

indépendante. C'est en exerçant mon état que je fis la connaissance de madame Dolondal, qui m'a invitée à sa noce, en qualité de compatriote. Voilà ce qui me procure le plaisir de vous voir et d'embrasser ma fille. La pauvre enfant! mille fois j'aurais été jouir de ses caresses, si je n'avais craint de réveiller dans l'ame de son père des sentimens peut-être mal éteints... »

Le malheur ne sera plus pour vous, s'écrie le lord, qu'un songe pénible à jamais banni par les idées riantes d'un réveil fortuné.

Dolondal, Victorine, Hémandel, Onelly et le vieillard, Gloritz, Eléonore et Clémentine, étaient tous liés, soit par les nœuds de la sainte amitié, soit par les devoirs sacrés de la reconnaissance, soit par les jouissances ineffables de l'amour. Ils se voyaient fréquemment, goûtaient la félicité que procurent les bonnes mœurs, et donnaient à leur patrie adoptive des exemples mémorables de fidélité, de franchise, de tendresse, de vertu. Ils citaient les Suisses pour les Européens les plus braves, les plus probes, les plus hospitaliers. Les habitans de leur canton les regardaient comme les images vivantes de ces familles respectables des temps antiques, où les amans n'éprouvaient pas les tourmens de la jalousie, où les époux ne connaissaient point l'inconstance, où les pères montraient peu de sévérité, où les fils arrosaient des larmes de la douleur la tombe des auteurs de leur existence, où les amis mouraient l'un pour l'autre, et où les bons citoyens n'étaient jamais proscrits par une patrie ingrate.

F I N.

NOTES

DU PREMIER VOLUME.

(1) On appelait *Poudre de succession* des poisons préparés par quelques monstres des premiers ordres de l'état, que l'on mettait à la Bastille, et qui échappaient à la justice en sacrifiant une partie de leur fortune, comme le fit un M. Pénautier, receveur-général du clergé.

(2) L'allemand Glaser et l'italien Exili, s'étant ruinés à la recherche de la pierre philosophale, manipulèrent des poisons, et donnèrent lieu à l'érection d'une chambre ardente, qui commit plus d'atrocités que les coupables dont elle délivra la société.

(3) L'Anglais ne nomme *palace*, palais, que la demeure des rois. Son aversion pour toute idée de distinction ne lui permet point de désigner ainsi la maison des personnages les plus élevés en dignité. La frivolité des autres peuples leur fait prodiguer les noms pompeux d'*hôtels*, de *palais*, à de beaux bâtimens bourgeois; et à Londres, un esprit de répulsion pour tout ce qui tend à une supériorité non basée sur le vrai mérite, appelle *maison* le superbe Sommersethouse édifice national et moderne.

(4) Zwingle, Suisse d'origine, était versé dans la connaissance des langues latine, grecque, hébraïque; il fut successivement chanoine de Constance et curé de Claron; c'est là où il entreprit avec succès d'attaquer différentes pratiques de l'église de Rome. A l'éloquence de la chaire, à des mœurs douces et pures, ce célèbre *sacramentaire* joignait une charité vive, dont les bienfaits

s'étendaient à tous les malheureux, sans distinction d'âge, de sexe, de religion.... Après s'être distingué, par des talens supérieurs, au fameux *Colloque de Poissy*, après avoir mérité et obtenu les bonnes grâces de Henri-le-Grand, le vertueux Zwingle fut massacré par des catholiques-romains, en 1531, et son corps devint la proie des flammes.... Voyez Sander, *Heres*, 209; le père Mainbourg, et la *Chronologie* de Genebrad ou Genebrard, historiographe estimé.

(5) *Ministrorum calvinianæ sectæ oratio.* Non-seulement on entend par prêche le sermon d'un ministre réformé, mais encore le temple où il se prononce.

(6) Liqueur composée de vin rouge, de lait et de sucre.

(7) Célèbre comédie sous ce titre, qui signifie répétition. On trouve dans les cafés

de Londres plusieurs exemplaires des différens journaux, les meilleurs ouvrages polé-
miques, et toutes les nouveautés dont la liberté
de la presse enrichit les Anglais.

(8) On appelle *Bagnios* des maisons de
bains où l'on en prend assez rarement, mais où
les deux sexes se rendent pour goûter tous les
plaisirs attachés au libertinage. L'art y vient
au secours de la nature épuisée.... Les plus
belles femmes adonnées à la volupté y font
parvenir leur adresse. On les envoie chercher
dans des chaises à porteurs. On ne paie point
celles qui n'ont pas l'avantage de plaire;
on satisfait seulement les porteurs.

(9) Les Anglais aiment les viandes qui
conservent toute leur saveur; ils sont pour le
simple, le naturel; ils ne veulent point de ces
ragoûts, de ces sauces, de ces mets com-
pliqués qui blasent le palais et occasionnent
tant de maladies. Deux ou trois fortes pièces

de viande, des pâtés de volaille, beaucoup
de légumes et peu de pain : voilà leur nour--
riture. Au dessert, on apporte sur la table
de grandes boîtes de fromage, d'excellens
vins de France et des liqueurs fortes, dont
ils boivent quelquefois immodérément, selon
la coutume des peuples du Nord.

(10) Les voyageurs dont les voitures ne
sont pas escortées courent quelque danger
dans les environs de Londres. Des bandes de
voleurs à cheval les mettent à contribution ;
ces brigands ne s'éloignent qu'à quatre milles,
afin de pouvoir rentrer à volonté dans la ville,
où ils se soustraient plus facilement aux re-
cherches que par-tout ailleurs. Pour qu'ils
ne forment point des troupes fort nombreuses,
on les tient en perpétuelle défiance, en exemp-
tant de la peine de mort celui qui, après avoir
dénoncé ses camarades, consent à déposer
contre eux....; de sorte que c'est au plus
scélérat que la loi fait grâce....

7.

(11) Le célèbre Tissot, médecin, fait, dans son excellent ouvrage de l'*Onanisme*, des descriptions quelquefois exagérées, mais toujours vraies, des dangers de la masturbation. La lecture de son traité, qui ne convient pas à tous les jeunes gens, est essentielle aux pères de famille et aux personnes chargées de tenir ou de surveiller les établissemens destinés à remplacer les collégés et les autres maisons d'éducation.

(12) Les jardins publics anglais conservent un air agreste qui plaît aux ames sensibles; mais on peut affirmer que les promenades des Tuileries, du Luxembourg et du Jardin des Plantes sont préférables à toutes les promenades et à tous les jardins de l'Angleterre. Le peuple Français sera toujours supérieur aux autres peuples par les arts et les objets d'agrément qu'il perfectionne chaque jour avec une intelligence qui lui est propre. Son goût pour les plaisirs est si délicat; qu'on

ne saurait le comparer à celui d'aucune autre nation. L'amabilité et la valeur sont tellement endémiques à la France, qu'elles semblent dégénérer dans les autres pays....

(13) Ce systême subsiste encore dans le vaste empire de la Chine, chez des peuples de la Syrie, parmi les banians et certains idolâtres des Indes, hommes innocens et sans malice, assez heureux pour suivre une religion qui inspire une juste horreur du sang....

Le législateur de Crotone et des Métapontins avait pris des brahmes *l'ingénieuse métempsycose*. « Apprenez de nous, disaient les plus sages d'entre eux, *au philosophe samien*, apprenez à marcher droit, sans vous appuyer sur le bras invisible d'un Dieu.... »

Ces Indiens, connus dans l'antiquité sous le nom de *gymnosophistes*, étaient divisés en deux sectes : les *brachmanes* et les *gémanes*. Les uns aimaient à jouir des charmes de la retraite, et les autres habitaient volontiers parmi les hommes. Selon eux, les ames ne sont autre choses que les germes ou les sémences des êtres.... Dans leur symbole, ils prétendent que l'ame est Dieu.....

Les anciens gymnosophistes demeuraient dans une île de la mer Rouge, auprès de la côte d'Abex et de la ville d'Ercoco.

Sonnerat, dans son *Voyage aux Indes*, et Deslandes, dans le premier volume de son *Histoire critique de la philosophie*, donnent des détails fort intéressans, relativement aux opinions et aux mœurs de ces philosophes.

(14) On lit encore avec intérêt le poëme *De natura rerum*, malgré les progrès étonnans que les sciences ont faits depuis la publication de cet ouvrage précieux, qui réunit aux profondeurs de la métaphysique les charmes du style.

Parmi les hommes célèbres qui ont la hardiesse de pensée de cet immortel Romain, on distingue principalement :

L'astronome Lalande, l'auteur de *l'Origine des cultes*, l'antiquaire Mongèz, le traducteur de *l'Enfer détruit*, l'un des plus illustres membres de la *classe des arts mécaniques* de l'Institut national, le précepteur des enfans du baron d'Holbach, et le médecin à qui l'on doit *les Rapports du physique et du moral de l'homme*, ouvrage aussi profond dans son genre que *le Systéme du monde*, dans lequel le géomètre Laplace fait voir comment on peut expliquer, par l'attraction et la mécanique, la projection des planètes.

(15) Voyez l'*Histoire de la maison de Stuart*, par M. Hume, pages 99, 100 et 101 du tome VI de l'édition *in*-12 publiée à Londres en 1761.

(16) Les *whigs* reprochaient aux *papistes* le fameux incendie de 1666. La cour blâmait en secret l'invariable attachement des premiers

à la constitution ; elle protégeait au contraire ouvertement les catholiques – romains, qui s'efforçaient d'opposer le roi aux protestans et aux lois, afin qu'il n'eût plus de défenseurs que parmi eux, et qu'ils pussent alors régner en son nom.

Hist. de la maison de Stuart, par Hume.

(17) Les matelots anglais préfèrent le service des vaisseaux marchands à celui de la marine royale, qui est plus dangereux et plus pénible, en raison de l'extrême subordination à laquelle ils y sont assujettis : le ministère se croit par là autorisé à payer considérablement des recruteurs qui s'emparent des matelots par la violence, et forment, étant huit à neuf, ce qu'on appelle une *presse*, c'est-à-dire l'acte le plus vexatoire et souvent le plus barbare dont l'humanité ait à se plaindre.

(18) Les *torys* voulaient que l'on accrût beaucoup les prérogatives de l'autorité royale,

et que les réformés fussent dépouillés de leurs
droits ; ils tramaient la perte du parlement, dont
ils redoutaient les lumières et l'amour de la
justice. Voyez l'*Histoire d'Angleterre*, par
madame Makalei.

(19) La tragédie d'*Agis*, qui mérita à son
auteur les éloges de *l'Année littéraire*, est
une pièce que doivent méditer les jeunes gens
qui fournissent la carrière dramatique, et que
les amateurs de la belle antiquité relisent toujours avec un nouvel intérêt. Il est fâcheux
pour le public que la modestie de l'auteur
retienne dans son porte-feuille les chefs-
d'œuvre que nous lui connaissons, et dans
lesquels il s'est surpassé.

(20) Tous les orphelins du royaume sont
sous la protection du grand-chancelier, qui
est leur premier tuteur.

Les Péguans n'attendaient pas que les enfans eussent perdu les auteurs de leurs jours

pour leur donner un curateur ; il était nommé au moment de la naissance. Deux mois après, l'enfant était publiquement visité, et l'on prononçait sur son sort d'après l'inspection de sa physionomie et l'examen de tout son corps. Croyait-on remarquer dans ses formes extérieures quelque sinistre présage, on le faisait aussitôt mourir....

L'ignorance et la superstition feraient autant de mal à l'humanité que la barbarie des tyrans et l'ambition des usurpateurs, si les philosophes cessaient d'éclairer les hommes...

(21) Les temples ouverts au protestantisme ne ressemblent point à ces églises romaines, où la confusion des sexes donne aux passions une activité dangereuse. On y est pieux, parce qu'on n'en fait point de scandaleux rendez-vous....

(22) Odescalqui, Innocent XI, ne reconnaissait de vœux contraints que chez les re-

ligieux qui appartenaient à des familles très-puissantes. Louis XIV n'avait pas d'ennemi plus implacable ; sa haine était si violente, qu'il négligea les intérêts de l'église, en faveur de la ligue formée contre ce prince.

(23) Socraté appelait *la beauté* une *courte tyrannie*.... Platon la nommait *le privilége de la nature*. Aristote prétendait *qu'il appartient aux beaux de commander.*

La beauté est comparée, par nos poëtes, à une fleur passagère, et l'amour qu'elle fait naître, au papillon léger. Les Espagnols disent que *la beauté est comme les odeurs*, dont la force a peu de durée : on s'y accoutume d'abord, puis on ne les sent plus..... Voyez, *Réflexions sur les femmes*, par madame de Lambert.

Selon Bion le Borystenite, *la femme laide fait mal aux yeux, et la belle fait mal à la tête.*

Antisthène, consulté par un jeune homme

sur le choix d'une femme, lui répondit : « Si vous la prenez très-belle, vous ne la posséderez pas tout seul ; si vous la prenez trop laide, vous vous en dégoûterez promptement : il vaut donc mieux pour vous, qu'elle ne soit ni trop belle, ni trop laide. »

Un sage de l'antiquité regardait *la beauté* comme le bien d'autrui. En effet, comme l'observe judicieusement un grand poëte, il est bien rare de rencontrer la pudeur et la beauté réunies dans un même sujet.

.... *Rara est adeò concordia formæ*
Atque pudicitiæ.

JUVÉNAL, Satyr. X, vers 297.

(24) *Histoire de la maison de Stuart*, par Rapin Thoyras.

(25) Quarante *shillings* valent deux livres sterling.

(26) Lettre d'arrêt.

(27) En Angleterre, on ne fait pas difficulté de laisser jouir d'un certain crédit tout citoyen qui loue une maison sous son nom ; il est alors *house-keeper*. Un débiteur qui a cette qualité ne peut-être saisi que quand la somme due s'élève à deux livres sterling ; dans ce cas, le créancier se rend dans un bureau de justice, où il obtient un *writ* contre le *house-keeper*.

Avant les malheurs de l'Irlande, les Anglais étaient en possession de *la liberté civile*. Leur ministère a prouvé, depuis, que *la faculté de publier ses pensées*, quoique très-précieuse, est une bien faible digue aux invasions du pouvoir exécutif chez les peuples qui ne jouissent pas de *la liberté et de l'égalité politiques*....

(28) Les Anglais exposent aux chances de folles gageures des sommes très-considérables. Les tirages de la loterie royale sont à Londres l'occasion des paris les plus ruineux. Il n'est

même pas rare d'y voir briser de fort belles glaces, dans le dessein de jouer plusieurs centaines de guinées, *à pair ou non*, sur le nombre prévu de leurs débris.

(29) Tyburn est éloigné de S.-James de deux milles. On y exécute les condamnés à une peine afflictive ou infamante.

(30) Le prédicateur de Newgate est obligé, par sa charge, d'accompagner les criminels jusqu'au lieu du supplice.

NOTES

DU SECOND VOLUME.

(31) *La constitution de* 1791 , qui est le plus beau code monarchique que le cerveau humain ait produit, ne reconnaissait aucun ordre religieux, et le *Concordat*, en sanctionnant l'abolition du *cénobisme*, vient de prescrire au pouvoir ecclésiastique des limites dans l'absence desquelles *l'église romaine* a contracté cet esprit *d'insoumission* et d'insociabilité qui menace la vie des magistrats, tourmente la conscience des citoyens et bouleverse les états. Puissent les récalcitrans renoncer enfin au rôle abject de factieux, pour exercer l'apostolat des vertus publiques et privées!

(32) Deux mille crieurs de nuit parcourent les divers quartiers de Londres avec des moulinets de bois dont le bruit donne le signal du désordre ou d'un incendie; ils avertissent les citoyens dont les portes ne sont pas fermées, annoncent les heures et le temps qu'il fait. Aux premiers indices du feu, toutes les pompes sont en mouvement; celles qui arrivent les trois premières reçoivent une prime dont le terme moyen est de trois guinées.

(33) Le *hang-mann* est payé par le shérif, pour pendre. Si la cupidité ou la misère ne contraignaient pas des malheureux à faire *cet* office, le shérif serait forcé de le remplir lui-même : cela est déja arrivé. Il n'y a pas de déshonneur attaché à l'exercice des fonctions de bourreau; on lui permet d'embrasser encore une autre profession.

(34) Ces femmes évaporées sont ordinairement punies de leurs déréglemens par deux

ou trois fausses couches qui les condamnent à une stérilité honteuse ou les rendent incapables d'enfanter heureusement. Le peu de considération dont jouissent ces dévergondées contraste avec le respect généralement accordé aux mères de familles attentives à bien remplir leurs devoirs.

(35) La crainte d'un déménagement inopiné augmente les précautions des propriétaires dont les maisons sont occupées par des filles de joie. Elles paient chaque semaine, et le double de la valeur ordinaire des loyers; cette raison les fait préférer, par des personnes d'une fortune médiocre, à des locataires respectables. Ces femmes soutiennent à Londres le commerce des marchandises de luxe. Dans la partie de l'ouest elles remplissent plusieurs milliers de bâtimens, qui sans elles seraient inhabités. Il y a dans les environs de Londres et dans cette capitale de l'Angleterre plus de voleurs et de prostituées qu'il ne s'en

trouve dans la Hollande et la Suisse. Nos ennemis ne sauraient conserver long-temps leur puissance orgueilleuse : ils perdent leurs mœurs avec leur liberté....

(36) On n'est ennemi de personne par état; mais des ignorans, des fanatiques, des méchans abusent de tout pour nuire aux hommes qui ne pensent pas comme eux ; et malheureusement le sacerdoce fournit, à certaines époques de la vie des peuples, aux plus pervers, des moyens sourds et certains d'accabler l'ami de la raison de tous les fléaux qui ont désolé depuis deux siècles les belles contrées du midi de la France....

Notre impartialité ne nous permet point de parler des dangers de la prêtrise sans rappeler aussi les vertus éminentes d'un Las-Casas , qui défendit les Indiens contre la cupidité armée des habitans de l'ancien hémisphère ; d'un Ganganelli, qui usa de l'autorité attachée à la tiare pour réfréner l'intolérance du clergé, et d'un archevêque de Cambrai, qui donne aux princes la théorie des vertus politiques, dans son *Télémaque* inimitable.

L'auteur de *Fénélon* a gravé dans la mémoire des Parisiens les belles maximes de la morale de son héros. « On ne sait, me disait un homme de lettres qui venait d'assister à une représentation de cette pièce, quel est, du prélat, du poëte ou de l'acteur, celui à qui l'on applaudit plus volontiers ; la puissance ou plutôt la magie de l'art, et l'enthousiasme de la vertu les élevant simultanément à l'apogée de la gloire.... »

(37) L'armée de terre est peu considérée chez les Anglais. La vénalité des charges y existe encore Les officiers, n'étant pas estimés, négligent leur état, et les soldats les imitent. On attribue cela au mépris des Anglais pour les troupes de terre, qu'ils regardent comme dangereuses à leur indépendance,

tandis qu'ils voient dans la marine la source de leur prospérité.

(38) C'est le nom d'une des deux grandes salles de spectacle.

(39) Petite rue dont les maisons sont fort jolies, et habitées par des religieuses consacrées au culte de Vénus. Elles vivent sous la direction d'une abbesse, à l'instar de pensionnaires soumises à certains réglemens. Chacun de ces couvens a un équipage et des domestiques en livrée; ces nones ne vont à pied que pour se rendre à la promenade du parc.

L'auteur de l'*Ecole des Pères*, ouvrage plein de *spinosisme*, indique, dans le *Pornographe*, les mesures propres à faire cesser *le mal* occasionné par le *publicisme* des femmes, et à prévenir les abus attachés à l'état actuel de la prostitution. En 1769 et 1776, cet excellent citoyen donna au magistrat préposé à la conservation des mœurs, un projet qui fut exécuté à Vienne en 1786.

(40) Ce costume est celui des Vénitiennes. Elles passent pour les plus belles femmes de l'Italie ; elles en sont certainement les plus aimables, par les charmes d'une conversation vive et spirituelle.

L'*énomide*, qui serrait étroitement le corps et ne couvrait point les épaules, formait, comme l'assure M. l'abbé Barthélemi, dans ses *Antiquités palmyréniennes*, une partie de l'habillement que portaient en public les anciennes *tribades*. La robe de Thalie ressemblait beaucoup à ce vêtement.

(41) Les mariages secrets ont été multipliés avec tant de facilité, que pour deux shillings, des prêtres pauvres ou débauchés donnaient la bénédiction nuptiale à toutes les heures du jour. L'autorité de l'archevêque de Cantorbéry n'opposa que des digues impuissantes à ce débordement de simonie. Le parlement lui-même eut beaucoup de peine à obtenir la suppression de cet étrange abus d'un sacrement....

(42) Voyez S. Paul, aux Romains, ch. I., v. 27. *Masculi, relicto naturali usu fœminæ exarserunt in desiriis suis in invicem, masculi in masculos turpitudinem operantes et mercedem quam oportuit erroris sui in semet ipsis recipientes.*

(43) Cette pièce contribua singulièrement à la victoire, que les torys remportèrent sur les whigs, après l'exclusion du parlement; mais la cour oublia bientôt ce service important : cet homme de génie se vit dans la cruelle nécessité d'écrire pour subsister médiocrement.

(44) *Zecchino*, ducat d'or de Venise, qui a également cours dans les îles et les ports de la mer du Levant. Au temps où vivait Olya, il valait 7 francs, monnaie de France.

(45) Ce conseil était composé de cent vingt sénateurs. Ce qui avait rapport à la paix et

à la guerre, aux alliances et aux trèves, dé-
pendait de leurs décisions.

(46) Mnésarète, que sa pâleur fit surnom-
mer Phryné , fut traduite au tribunal des
Héliastes, pour avoir parodié les mystères
d'Eleusis : la peine était capitale. Ses char-
mantes mains élevées vers le ciel, ses yeux
pleins de larmes, l'éloquence de son défen-
seur, ne pouvant la garantir du fanatisme des
juges, Hyspéride, désespéré, lui enlève sa
tunique et séduit les magistrats par les beautés
ravissantes du sein le plus parfait.... *Nous
convenons*, avec l'aimable auteur du *Supplément aux Voyages d'Anacharsis et d'Anté-
nor, que Phryné relevant les murs de Thèbes
est au-dessus d'Alexandre qui les renverse.*

(47) Tillotson était le Massillon de l'Angleterre ; il fut d'abord *presbytérien*, et embrassa ensuite la *communion anglicane*. Les
fanatiques lui reprochaient sans cesse de con-

sulter quelquefois sa raison : pour échapper à leurs fureurs , il poursuivait à outrance les écrivains qui jetaient alors dans sa patrie les fondemens de l'athéisme. Il mourut à Lambeth , en 1694, à l'âge de soixante-cinq ans.

(48) Roi de Danemarck, contemporain de Charles II.

(49) On croyait qu'il avait puisé ces principes dans un ouvrage intitulé : *Vindiciæ contra tyrannos* , publié en 1580, sous le nom de *Stephanus-Junius Brutus* , par Languet , écrivain célèbre que les princes protestans d'Allemague députèrent, en 1570, auprès de Charles IX, dont la pieuse férocité eût fait assassiner Duplessis-Mornai, si l'envoyé luthérien avait craint d'exposer sa vie pour arracher cette victime au glaive du fanatisme.

NOTES

DU TROISIÈME VOLUME.

(50) Miss Stuart, l'une des plus jolies personnes de la Grande-Bretagne, et dont la vertu seule pouvait égaler la beauté, résista aux offres séductrices de son prince, et reçut la main du duc de Richemond, que le chancelier sut lui faire épouser, pour épargner un adultère à Charles II, qui ne pardonna jamais à son ministre cet acte d'une sagesse courageuse.

(51) Le célèbre Clarendon s'était attiré la haine du comte de Bristol, en refusant de prodiguer des faveurs ministérielles à une dame de la cour recommandée par ce lord.

Quel est le pays où la fidélité d'un ministre à remplir ses devoirs envers la patrie ne reçoit pas tôt ou tard la disgrâce du prince?... L'*intrigue*, la *flatterie* et la *corruption* ne souffrent pas long-temps l'*intégrité* dans le conseil des rois.... Heureux même le peuple qui peut compter parmi ceux qui entourent le monarque des hommes dont le courage ne craint pas et dont la vertu mérite les honneurs de l'exil!.... Que de vils courtisans, que de magistrats sans dignité, pour un l'Hopital, un Colbert, un Necker!!!...

(52) En 1780, un certain Graham, *Ecossais*, employa des sommes considérables à la construction d'un temple dans le même goût; mais son entreprise, ne recevant aucun encouragement de la part des grands seigneurs, n'eut qu'un faible succès.

(53) Voyez le quatorzième chapitre du troisième livre de *la Sagesse*, de Le Charron,

que les prêtres, ses confrères, blâmaient ouvertement, parce qu'il était éclairé, franc, et
vertueux. Consultez encore la *Mégalanthro-*
pogénésie, ou *l'Art de faire des enfans d'es-*
prit, etc. etc. par Robert le jeune, des Basses-
Alpes ; l'ouvrage du célèbre Millot, et le
Tableau de l'amour conjugal, du docteur
Venette.

(54) Descartes n'eut besoin que de trois
règles de mécanique pour construire l'édifice
de l'univers.

(55) Newton sut déduire la marche des
astres d'un seul théorême.

Le philosophe anglais eût été le savant le
plus illustre, si Descartes ne fût point en-
tré avant lui dans la carrière de la vie. L'insulaire eut la faiblesse de commenter *l'Apo-*
calypse; le Français eut le courage d'embrasser
toutes les sciences ; l'un reçut à Londres des
témoignages d'admiration publique ; les fana-

tiques persécutèrent l'autre, comme athée, au sein de sa patrie, qu'il enrichissait de ses découvertes. Sa proscription nous rappelle les chaînes d'*Anaxagore*, le *cachot de Galilée*, les *malheurs d'Homère*, la *pauvreté de Milton* et l'*inadmission du charmant Parny*, dans une société célèbre à laquelle la postérité reprochera son refus de placer au nombre de ses membres le *Tibulle du dix-huitième siècle.*

« L'auteur apprendra avec plaisir, que le poëme de *la Guerre des Dieux anciens et modernes* a cessé d'être un obstacle à la réception du *Tibulle français* dans la nouvelle académie. »

Note de l'éditeur.

(56) Boerhaave apprit à la physique moderne, par ses expériences sur l'esprit-de-vin parfaitement rectifié, que ce corps, nommé *alcohol* par les chimistes, est le seul de la nature entièrement inflammable.

Si la Hollande peut s'enorgueillir d'être la
patrie de ce *moderne Hypocrate*, il est permis à la France de placer an nombre des plus
célèbres chimistes de l'Europe, les Berthollet,
les Guyton-Morveau, les Fourcroy, les Vauquelin, les Deyeux, les Chaptal, les Leblanc...
Ce dernier, auteur de *la Cristallotechnie*,
ou *Essai sur les phénomènes de la cristallisation*, travaille, dans le calme de la retraite,
à reculer les bornes de la chimie, après avoir
eu la gloire de servir l'humanité comme médecin, et la patrie en qualité d'administrateur.

(57) Dans ses écrits, S. Paul donne aux
femmes des leçons de soumission à leurs
époux et des encouragemens à la reproduction
de l'espèce; mais dans ses actions, ce grand
saint fournit des exemples multipliés d'intolérance, de cruauté, et de rebellion aux loix divines, naturelles et humaines.... Aussi partageons-nous l'étonnement d'Abdias, qui, dans ses

œuvres, semble reprocher à son Dieu d'avoir appelé au ministère de l'apostolat ce même Paul qui servit à lapider S. Etienne et à garder les manteaux des bourreaux, cet auteur coupable de la sédition dans laquelle S. Jacques-le-Mineur fut traité si barbarement, que Jules-Africain n'a pu traduire cette partie de la vie du *bienheureux* Paul sans éprouver une sorte d'effroi.... Voyez l'*Histoire des apôtres*, par le premier évêque de Babylone, et la traduction latine que nous a en laissée Jules-Africain.

Les jeunes demoiselles aiment S. Paul quand il dit :

« La femme sera sauvée si elle fait des enfans. »

I. Timothée, chap. II.

Les ascètes et les nones regardent comme entaché d'hérésie le passage où cet apôtre traite d'*impies*, d'*imposteurs*, de *diaboliques*, de *consciences gangrénées*, ceux qui prêchent l'abstinence des viandes et le célibat.

Timot. chap. IV.

Que penser de la recommandation qu'il fait aux évêques de n'avoir qu'une femme ? *Unius uxoris virum.*

Timot. chap. III, et à Tite, ch. I.

Il dit affirmativement, et comme par inspiration : « Que le jugement dernier se fera de son temps ; que Jésus descendra dans les nuées, comme il est annoncé dans S. Luc ; que lui, Paul, montera dans l'air, pour aller au-devant de lui, avec les habitans de Thessalonique. »

Thessal. ch. XIV.

Luc et Paul étaient de bien grands prophètes !

Le voici, s'adressant aux Hébreux, ch. II, et aux Romains, ch. V :

« Si, par le délit d'un seul, plusieurs sont morts, la grâce et le don de Dieu ont plus abondé par la grâce d'un *seul homme*, qui est Jésus-Christ. »

« Nous sommes enfans de Dieu, et co-héritiers de Jésus-Christ. »

Le fils de Marie, la seconde personne de la Trinité, est *toujours homme, jamais Dieu*, dans les écrits de S. Paul, excepté en un seul endroit contesté par Erasme, par Grotius, par Leclerc, etc.

Les commentateurs et le *lumineux* dom Calmet n'ont pu dissiper les ténèbres qui obscurcissent les passages suivans :

« Votre circoncision profite, si vous observez la loi juive (Epît. aux Juifs de Rome, appelés les *Romains*, ch. II.); mais si vous êtes prévaricateurs de la loi, votre circoncision devient prépuce. »

« Or, nous savons que tout ce que la loi dit à ceux qui sont dans la loi, elle le dit afin que toute bouche soit obstruée (ch. III.), et que tout le monde soit soumis à Dieu, parce que toute chair ne sera pas justifiée devant lui par les œuvres de la loi; car par la loi vient la connaissance du péché. »

« Car un seul Dieu justifie la circoncision par la foi (ch. IV, suite au ch. V.), et le prépuce par la foi. Détruisons-nous donc la loi par la foi? A Dieu ne plaise; car si Abraham a été justifié par ses œuvres, il en a la gloire, mais non chez Dieu. »

Sénèque est plus clair, et non moins digne d'être cité.

Dans sa lettre à Paul, qui fut tour-à-tour sectateur de Moyse et de Jésus, proscripteur des néophytes de la loi nouvelle, et bourreau de ceux qui refusaient de renoncer à l'ancienne, Sénèque lui dit que les Juifs et les Chrétiens sont souvent condamnés au supplice, comme incendiaires de Rome. *Christiani et Judæi, tanquam machinatores incendii, supplicio affici solent.*

Le docteur des Gentils eut la tête tranchée par ordre de Néron, comme séditieux. Il eût été plus sage et plus humain de le condamner au silence et aux travaux publics....

Il ne faut pas le confondre avec Paul, premier hermite, que son oisiveté, son ineptie, son corbeau, la visite de S. Antoine et la persécution de Décius firent canoniser.

S. Jérôme et Sozomène rapportent : « Qu'il vaquait à de continuelles oraisons, qu'il faisait à Dieu trois cents fois par jour ; et de peur d'y manquer, il mettait autant de pierres dans son sein. »

C'est le genre de vie mené par de semblables idiots qui a fait soutenir à l'immortel Bayle, « qu'un état composé de véritables chrétiens ne saurait subsister long-temps... »

(58) Le célèbre évêque de Clermont, prédicateur aussi fleuri qu'agréable, aussi modéré que tolérant, épouvante tout chrétien qui médite son sermon sur *le petit nombre des élus*. Dans celui sur le mauvais riche, il prescrit aux favoris de la fortune des devoirs tels, qu'ils ne sauraient le lire sans trembler s'ils étaient pieux, ou sans les pratiquer s'ils avaient de l'humanité. *Erat dives.* . . Il était riche.. . . Voilà le crime ; le seul

crime dont la *Sainte-écriture* accuse *le mauvais riche*. . . . .

Massillon, terrible et sublime dans une
chaire, d'où il foudroyait le vice, était dans
la société un homme doux et plein de con-
descendance pour les faiblesses humaines.
Aussi un philosophe lui disait-il un jour :
« Votre conduite rassure ceux que votre morale effraie. »

(59) S'il existe dans la religion romaine
peu de prêtres aussi respectables, il en est
du moins un très-grand nombre parmi les ministres qui professent la doctrine de Luther ou
les sentimens de Calvin.. . .. Tout Paris connaît les vertus et admire les talens du citoyen
Maron, prédicateur célèbre, que nous avons
entendu souvent, et toujours avec un nouvel
intérêt, dans le temple de la rue Froidman-
teau.

(60) Les luthériens, après avoir protesté,

en 1529, contre un décret de l'empereur et de la diète de Spire, déclarèrent qu'ils appelaient à un concile général ; ils reçurent alors, dans toute l'Allemagne, l'épithète qui caractérisait leur conduite dans cette circonstance, et que l'on appliqua dans la suite à tous ceux qui suivent les sentimens de Calvin.

(61) Le Languedoc doit son canal à Colbert. « Il remit, dit Gudin, l'ordre dans les finances, et laissa au roi, en mourant, plus de revenus qu'il ne faisait de dépenses. Ce fut l'ouvrage de vingt-deux années d'un travail assidu. Après lui, l'impéritie de ses successeurs, les dépenses de la cour, la malheureuse guerre de la succession, *l'intolérance*, le funeste triumvirat que formèrent *la maîtresse*, *le ministre* et *le confesseur*, pour abuser un roi qui aimait trop la vérité, et qui se croyait trop puissant pour qu'on osât le tromper ; mille autres abus qui na-

quirent de sa longue vieillesse, précipitèrent
le royaume dans une suite horrible de malheurs, et accumulèrent ces quatre milliards
de dettes, qu'on a cru éteindre plusieurs fois
depuis sa mort, et qui reparurent toujours. »
Voyez le *Supplément au Contrat social*,
par P. Ph. Gudin, publiciste estimable.

(62) Dès qu'on pouvait, dans quelque cas
particulier, enfreindre l'*Edit de Nantes*,
abattre un temple, restreindre un exercice,
ôter un emploi à un protestant, on croyait
remporter une victoire sur l'hérésie. On im-
putait hautement à la malédiction du ciel
sur eux toute espèce de malheur public. On
les croyait auteurs de tous les crimes dont
les auteurs étaient inconnus..., Les magistrats les plus intègres prétendaient que toutes
les affaires où le calvinisme se trouverait mêlé
ne devaient pas être comptées entre les
choses que, dans le langage de la jurispru-
dence, on appelle *favorables*, c'est-à-dire

pour lesquelles on interprête les termes des lois dans le sens le moins rigoureux , et qu'il fallait au contraire s'en tenir à la rigueur des expressions. On décidait donc, sans se croire injuste, toutes les questions qui leur étaient relatives suivant ce droit rigide, qu'une maxime ancienne et généralement admise qualifie de suprême injustice.... Voyez les *Eclaircissemens historiques sur les causes de la révocation de l'Edit de Nantes, et sur l'état des protestans en France depuis le commencement du règne de Louis XIV jusqu'à nos jours, tirés des différentes archives du gouvernement*, ouvrage publié par un catholique-romain.

(63) L'abbé Pélisson fut revêtu du double titre de directeur de cette entreprise corruptrice, et de trésorier de cette agence d'infamies. Tous les trimestres, il présentait au monarque des preuves de sa turpitude, c'est-à-dire la liste des néophytes dont il avait

acheté l'apostasie !!!... Ces rapports étaient tellement exagérés, qu'ils firent croire à Louis XIV que la révocation de *l'Edit de Nantes* ne pourrait produire aucun des résultats funestes dont elle fut l'inépuisable source. Voyez *l'Accord parfait de la nature, de la raison, de la révélation et de la politique*, ouvrage impartial, par un gentilhomme de Normandie, etc.

(64) Bossuet prostitua son éloquence à honorer d'une oraison funèbre la mémoire de ce proscripteur barbare ; mais ne le jugeons pas exclusivement sur les adulations prodiguées, dans ses oraisons funèbres, au tyran de sa patrie. On remarque dans ses autres écrits, qu'il avait quelque fierté et l'amour de l'indépendance, et que, sous un autre gouvernement, il eût mis à défendre la liberté politique cet intérêt et cette chaleur qu'il montra contre les prétentions du Vatican, en faveur des libertés de l'église galli-

cane. L'auteur de la *Bible bien expliquée,*
prétend *que cet orateur sublime avait des
sentimens philosophiques différens de sa religion.* On admire de Bossuet, cet aveu digne
d'un Bayle : « Les nations les plus éclairées
et les plus sages étaient les plus ignorantes
et les plus aveugles sur la religion.... »

(65) Les prélats du seizième siècle levaient
un tribut sur les prêtres concubinaires. On
a observé que dans ce temps heureux, où les
ministres des autels suivaient librement les
lois de la nature, il n'y avait presque point
d'adultère, la séduction était fort rare et
la pédérastie cherchait en vain à sortir des
cloîtres pour s'introduire dans la société :
par-tout on la condamnait à jouir de ses
sales voluptés dans la solitude des monastères.

(66) On dira sans doute que les catholiques-romains et les catholiques-réformés

ont le même Dieu, et ne diffèrent que dans la manière de l'adorer et d'interpréter ses volontés.... Cela peut-être : il paraît néanmoins difficile d'expliquer comment les soldats de Médicis et les amis de Coligni pouvaient obéir au même *maître divin*.... ceux-ci en recevant une mort cruelle pour récompense des services rendus à la patrie, et ceux-là en les égorgeant, pour satisfaire les fureurs d'un clergé altéré de sang.

Dira-t-on aussi qu'ils ont suivi l'impulsion céleste d'un Dieu unique?.... Delisle-de-Sales, retraçant en caractères de feu, dans sa *Philosophie de la nature*, les horreurs de la *Saint-Barthélemi*, et l'écrivain *catholique* qui laisse échapper ce regret sacrilège :

« Charles IX vécut trop peu pour achever le coup qu'il avait porté à l'hérésie et aux hérétiques !!!... »

Voyez la page 138 de la brochure *in-8°*. intitulée : *Les véritables Auteurs de la Révolution de France*, de 1789.

(67) Les disciples de Loyola ont toujours été ambitieux, hypocrites, agitateurs et avides de sang. L'Angleterre pensa perdre son parlement et son roi par la *conspiration des poudres*, que les jésuites Garnet et Oldecorne avaient formée. Le barbare Jean Chatel était l'écolier du jésuite Guinard, et le duc d'Aveyro n'attenta aux jours du roi de Portugal qu'après avoir été fanatisé par le jésuite Malagrida.

(68) Les cénobites étaient plus ignorans que les jésuites, et non moins cruels. La politique fit secouer à ceux-ci les torches de la discorde ; la religion arma ceux-là du poignard de l'intolérance. Les talens des loyolistes allumaient le flambeau des guerres civiles, tandis que la stupidité s'échappait des monastères pour commettre des assassinats.... Nous ne parlerons ici que des premiers.

La carrière des forfaits dans laquelle on vit marcher Ovin le chartreux, Clément le

Dominicain, et leurs imitateurs , avait été fournie, long-temps avant qu'on ne parlât de ces brigands, par une cohorte de moines qui, à la voix de S. Cyrille, étaient entrés à main armée dans Alexandrie, pour immoler à leur Dieu sanguinaire l'intéressante Hypatie, jeune Egyptienne plus belle qu'Aspasie, plus sage qu'une vestale, et sur-tout plus instruite que son évêque, qui, ne pouvant lui pardonner d'avoir une raison forte et un esprit cultivé, ordonna aux pieux solitaires arrivés de la Thébaïde sur les bords du Nil, de la dépouiller nue, de la frapper de verges, de l'assommer à coups de pierre, de traîner par la ville son cadavre en lambeaux, après avoir pillé et brûlé sa maison.

(69) Voyez l'*Histoire de l'Edit de Nantes*, tome V, dont nous ne citons que quelques traits pris entre mille, plus extraordinaires les uns que les autres. Cet ouvrage précieux fut imprimé à Delft, en 1695, chez Adrien Beman.

Si un recueil complet de faits exacts, publié en Hollande, laissait encore quelques
doutes sur l'existence des pieuses horreurs
commises par nos ancêtres, nous renverrions
les incrédules à l'autorité d'un Eusèbe, d'un
Sozomène, d'un Mézerai, d'un de Thou, d'un
abbé Fleuri; ils parlent *chrétiennement* des
meurtres offerts à leur Dieu....

(70) Dans des temps plus reculés, on vit
les évêques Itace et Idace demander à l'usur-
pateur Maxime la tête vénérable de l'héré-
siarque Priscillien, personnage d'une naissance distinguée, d'une fortune considérable,
d'un mérite éclatant, de mœurs austères,
d'un rare désintéressement. A son sang précieux se mêla celui des hommes qui accu-
saient d'une fureur aveugle les prélats de
Cordoue et de Mérida. Pacatus appaisa les
mânes de ces martyrs de la haine épiscopale,
en prononçant le panégyrique de Théodose:
« Nous avons vu, dit cet écrivain célèbre,

une nouvelle espèce de délateurs, évêques de nom, soldats et bourreaux en effet, qui, non contens d'avoir dépouillé ces pauvres malheureux des biens de leurs ancêtres, cherchaient encore des prétextes pour répandre leur sang, et qui ôtaient la vie à des personnes qu'ils rendaient coupables, comme ils les avaient déja rendues pauvres. Il y a plus ; après avoir assisté à ces jugemens criminels, après s'être repu les yeux de leurs tourmens et les oreilles de leurs cris, après avoir manié les armes des licteurs et trempé leurs mains dans le sang des suppliciés, ils allaient avec leurs mains toutes sanglantes offrir des sacrifices. »

(71) Envoyé en mission dans ce malheureux pays, deux mois après la révocation de l'*Edit de Nantes*, l'immortel Fénélon écrivait : « Les huguenots paraissent frappés de nos instructions jusqu'à verser des larmes...; et ils nous disent sans cesse : *Nous serions*

volontiers d'accord avec vous ; mais vous n'êtes ici qu'en passant ; dès que vous serez partis, nous serons à la merci des moines, qui ne nous prêchent que du latin, des indulgences et des confrairies.... Il est vrai, ajoute M. de Fénélon, qu'il n'y a en ce pays que trois sortes de prêtres, les séculiers, les jésuites et les récolets ; les récolets sont méprisés et haïs, sur-tout des huguenots, dont ils ont été les délateurs et les parties en toute occasion ; les jésuites de Marennes sont quatre têtes de fer, qui ne parlent aux nouveaux convertis, pour ce monde, que d'amende et de prison, et pour l'autre, que du diable et de l'enfer.... Pour les curés, ils n'ont aucun talent de parler.... »

Cette contrée jouit en ce moment des bienfaits de la tolérance religieuse : le citoyen Guillemardet, qui en est le premier magistrat, est parvenu à protéger les réformés, à les faire placer dans les fonctions publiques, sans exciter la moindre rumeur de la part de leurs antagonistes.

(72) «Tout le bien qui lui fut montré, il l'aima ; et s'il n'accomplit pas toute justice, c'est qu'elle ne lui fut pas toute connue. *C'est la destinée des meilleurs rois ;* c'est le malheur du rang, plutôt que le vice de la personne. »

Oraison funèbre de Louis XIV, par Massillon.

Si la puissance et l'élévation du rang triomphent du naturel des meilleurs princes et les entraînent dans la carrière des forfaits, que penser des êtres dégradés qui se constituent les apologistes du pouvoir absolu ?...

Dans son *Petit Carême*, regardé avec raison comme un modèle d'éloquence et le chef-d'œuvre de la prose française, *le Racine de la chaire* laisse entrevoir le dogme de la souveraineté des peuples, et se montre digne d'être le précepteur des rois, par les vérités hardies qu'il développe.

Massillon avait trop de vertus, et sur-tout trop de lumières, pour échapper à la haine des prêtres et aux calomnies des fanatiques ;

il sut douter, et les convulsionnaires panégyristes du diacre Pâris, et les crédules admirateurs des miracles de S.-Médard, firent de pieux libelles pour ternir l'éclat de sa haute réputation.

(73) Mérindol, désigné comme une ville dans *la Philosophie de la nature*, comme un bourg dans *le Voyageur français*, comme un village dans *Trévoux*, s'est affaissé sous le poids des crimes de la tyrannie et du fanatisme. Ses bons habitans furent ou brûlés, par arrêt du parlement d'Aix, avec leurs femmes et leurs enfans, ou égorgés dans leurs vallées, par des soldats que commandait l'évêque de Cavaillon.

NOTES

DU QUATRIÈME VOLUME.

---

(74) Lausanne, ville protestante dans le pays de Vaud, où les mœurs étaient pures, la probité commune, la franchise générale, et le crime inconnu, avant que des catholiques-romains, fugitifs et vagabonds, n'y eussent inoculé la corruption, qui domine dans tous les états soumis à leurs prêtres factieux, à leurs moines fainéans, à leurs illuminés, capables de commettre tous les attentats....

(75) Un édit du roi, donné à Versailles au mois de novembre l'an de grâce 1680, déclare les mariages entre les catholiques-romains et les catholiques.-réformés *non*

valablement contractés, et les enfans qui en proviendront illégitimes et incapables de succéder aux biens-meubles et immeubles de leurs pères et mères. Voyez aussi la fameuse lettre de l'évêque d'Agen , page 8 , *Accord parfait.*

Lorsque ce prélat tourmentait les consciences par ses pastorales séditieuses, il y avait en France cent cinquante mille mariages prohibés. Suivant le cours ordinaire des choses, ces alliances clandestines ont dû donner la naissance au moins à six cent mille enfans !!!.... *Que deviendront, s'écrie l'auteur de l'Accord parfait, dans un temps d'ignorance , de fanatisme et de proscription , ces six cent mille malheureux déclarés inhabiles à succéder , et élevés néanmoins dans une plus flatteuse espérance ?.... Que d'innocens qui, sans avoir participé au crime qu'on impute à leurs pères, participeront à leurs calamités ! disons mieux, qui, dans un sens, en seront les seules victimes !.....* Voyez l'*Accord parfait*, troisième partie, art. II, page 126.

(76) Les Lauris sont d'une ancienne noblesse de Provence. *Voyageur français*, tome XXX, page 373.

(77) La femme de qualité de Galilée, que Jésus-Christ délivra de sept démons qui la possédaient, et que l'église célèbre sous la dénomination de sainte Marie-Madeleine, n'a jamais été en Provence, selon les auteurs les plus dignes de foi ; ce qui ferait croire que les religieux de S.-Victor ont confondu Madeleine la sainte avec la pécheresse ou femme publique, originaire de Naïm, ville de la tribu d'Issachar, d'où elle a pu se rendre à Marseille, pour calmer l'incontinence des Provençaux, sur la grotte creusée dans le rocher où S. Cassien jeta les fondemens d'une abbaye de cénobites, en mémoire des services rendus à ses compatriotes

I I.

par la Syrienne complaisante que la politique religieuse de ce temps-là fit placer dans le ciel et passer pour issue d'une famille noble....

(78) Il était si dangereux aux protestans fidèles à leur croyance, de se marier, que la plupart se condamnaient au célibat. En 1698, treize ans seulement après la révocation du célèbre *édit de Nantes, la généralité de la Rochelle était dépeuplée d'un tiers de ses habitans, et cette diminution allait toujours en augmentant.* Voyez Boulainv. *Etat de la France, généralité de la Rochelle.*

Cette dépopulation occasionna la ruine du commerce, la perte des arts et la fermeture des ateliers.

Avant cette époque déplorable, dit M. de la Bourdonnage, il se faisait à Caudebec, Neufchatel et autres lieux, un fort grand débit de chapeaux foulés, qui étaient expédiés pour le Nord, les Provinces-Unies et l'Angleterre. Depuis la révocation, les réfugiés ont établi dans ces différens pays des fabriques qui ont enlevé à celles de la Normandie le débit qu'elles avaient auparavant. Les Hollandais venaient s'établir à Rouen, au grand avantage du commerce; le bras de la proscription les en a chassés, par la crainte qu'il leur inspirait, en frappant les naturels du pays.

M. Foucault, intendant de Caen, annonçait que le commerce était extrêmement diminué dans cette généralité depuis 1685; que la retraite des religionnaires, qui étaient les plus riches marchands, ayant enlevé presque tous ceux qui soutenaient le négoce, les fabricans non expatriés n'avaient pu en suspendre la chûte.

M. de Maupeou informait le gouvernement qu'on avait établi au bourg de Colonge, en Poitou, une manufacture de droguet; mais que la guerre et la retraite des huguenots, qui en faisaient pour ainsi dire tout le commerce, en avaient presque aussitôt tari les sources. Une manufacture du bourg de la Chateigneraye avait essuyé le même dommage, sans espérance de le pouvoir réparer.

M. de Bezons nous apprend qu'à Clairval, en Guienne, le commerce était très-vif avant la dispersion des protestans; mais que, depuis, la plupart des meilleurs marchands avaient été obligés de renoncer à leur profession, et que le négoce de Nérac, soutenu par la navigation de la Baye, avait beaucoup souffert, malgré l'avantage des localités.

Ayons encore le courage de parcourir les mémoires de M. de Miromesnil, et renvoyons, pour la suite des désastres, aux ouvrages du temps.

M. de Miromesnil atteste qu'à Tours, avant la révocation, la seule manufacture de soie faisait travailler huit mille métiers et sept cents moulins; qu'elle occupait vingt mille ouvriers, plus de quarante mille autres per-

sonnes pour dévider la soie, et que le tarif
de la soie de Tours montait alors tous les
ans à dix millions de livres; mais que depuis
l'édit qui frappa les réformés, il ne subsiste
plus que douze cents métiers, soixante-dix
moulins, et qu'on n'y emploie que quatre mille
individus; que la rubannerie, qui avant 1685
avait seule trois mille métiers, n'en avait plus
que soixante depuis les malheurs des protestans.....

Voulant affaiblir, en faveur de Louis XIV,
les sentimens que de semblables calamités
inspirent contre le prince qui, pouvant les
prévenir, n'a rien négligé pour qu'elles por-
tassent la désolation dans ses états, Gudin
rejette tout l'odieux de la tyrannie sur ses
principaux instrumens, comme s'il pouvait se
trouver des Séjan ailleurs qu'à la cour des
Tibère, ou comme si les courtisans, et en
général tous ceux qui entourent les chefs
des nations, n'étaient point, au gré de ces
derniers, les soutiens de la vertu ou les fau-
teurs du crime.....

Nous allons rapporter littéralement ce que dit à ce sujet l'auteur du *Supplément au Contrat social.*

« C'est la belle et fausse Maintenon, c'est le dur Louvois qui sont les vrais coupables ; c'est sur-tout l'adroit Lachaise et le barbare Letellier, ces moines impies et obscurs qui, sans talens et sans mérite, se plurent, pour d'obscurs intérêts, à dégrader ce grand caractère (celui de Louis, dit le Grand), qui osèrent se faire un instrument d'intrigue des vertus de leur roi, de la délicatesse de sa conscience, de son respect pour Dieu. »

(79) .... « L'âge, le sexe et la qualité tentent en vain de faire valoir leurs titres ; la vieillesse est indignement outragée, on insulte lâchement à la faiblesse des tendres enfans, on charge de coups les malheureux protestans, on leur crie à chaque instant : *la plus affreuse misère, ou la messe ;* .... on les prive de tout repos, on leur interdit le sommeil,

on viole à leurs yeux leurs femmes et leurs filles, et ce n'est que par un rafinement de cruauté qu'on ne veut pas leur donner la mort. »

Voyez l'*Accord parfait de la nature, de la raison, de la révélation et de la politique*, deuxième partie, art. II, page 337.

(80) « Le ministre de la guerre envoya les ordres les plus sévères au duc de Noailles, et déclara ouvertement que *sa majesté voulait qu'on fit sentir les dernières rigueurs à ceux qui ne voudraient pas se faire de sa religion* (*), et que ceux qui auraient la sotte gloire de vouloir demeurer les derniers devaient être poussés jusqu'à la dernière extrémité, sa majesté désirant que l'on s'explique durement contre ceux qui voudraient persister à professer *une religion qui lui*

(*) Lettre de M. de Louvois. Hist. Edit de Nantes, tome V, liv. 28, pages 868 et 869.

déplaît. Ces ordres avaient été précédés par cette déclaration étonnante, qui portait que si les malades qui auraient refusé le viatique dans leur maladie venaient à recouvrer la santé, leur procès serait fait, et qu'ils seraient condamnés, savoir : *les hommes, à faire amende honorable et aux galères perpétuelles, et les femmes et filles, à faire aussi amende honorable; et à être enfermées, avec confiscation de tous leurs biens; et que ceux qui mourraient après le refus, le procès serait fait à leur mémoire, leurs biens confisqués et leurs cadavres traînés sur la claie et jetés à la voierie.* »

(81) *Siècle de Louis XIV*, tome II, édit révoqué, chapitre XXXVI, page 487.

(82) Voyez le *Procès de Damiens, in-4°*, interrogatoire du 6 mars, page 289. «Interrogé quels motifs l'avaient porté à attenter à la personne du roi; a dit : *Que c'est à cause*

de la religion. » Sous Louis XIV les fanatiques égorgeaient les protestans , sous
Louis XV ils frappèrent le monarque ! ! !...

Tous les assassinats des princes chrétiens
ont eu cette cause, observe judicieusement
un grand écrivain. Trois jésuites ont conseillé
et autorisé, par le moyen de la confession ,
l'assassinat du Roi de Portugal....; ils échap-
pèrent au supplice...; la cour de Rome refusa
la permission de les juger..... Les papes
ont souvent préféré assurer l'impunité aux
parricides , à reconnaître l'autorité des
rois.....

(83) Les Anglais appellent *non-confor-*
mistes toutes les sectes qui diffèrent de *l'église*
anglicane, c'est-à-dire qui ne se conforment
pas à la religion dominante.

(84) Tymicha , célèbre pythagoricienne ,
sacrifia sa langue à l'attachement qu'elle avait
pour sa secte, et se rendit immortelle par

cette privation de l'organe qui aurait pu révéler les secrets qu'elle voulait inviolable-
ment garder....

Fin des Notes.

AUTEURS PROTESTANS

qui recommandent formellement d'obéir aux lois et de respecter les magistrats.

Zwingle.

Calvin.

Luther.

Œcolampade.

Melanchton.

Beller.

Bullinger.

Pierre Vermilio, martyr.

Amand Polan.

Théodore de Beze.

Confessions de foi de Bâle, en 1552.

—— de toute la Suisse protestante, en 1566.

—— d'Augsbourg, en 1530.

—— de Saxe, en 1551.

—— de Bohême, en 1535.

—— d'Angleterre, en 1562.

—— d'Ecosse, en 1581.

—— des Pays-Bas, en 1566, et leur requête apologétique.

—— des églises réformées de France, en 1659.

—— Sous Henri II, en 1561.

—— Sous Charles IX.

Vingt-unième synode national de Tonneins, qui ordonne à tous les ministres français de faire, tous les ans, chacun un sermon su la matière dont il s'agit, et de condamner les maximes pernicieuses de plusieurs jésuites, à cet égard.

Synode national de 1744.

Actes des synodes nationaux.

Discipline admirable de toutes les églises réformées de France.

Lettres éloquentes des ministres du Lan-

guedoc, en 1746, lors de l'invasion de Provence.

Sermons et autres écrits du célèbre Tillotson, archevêque de Cantorbéry.

—— de Caïllart.

—— de Basnage.

—— de Saurin.

N. B. Il serait difficile de citer un seul
auteur ecclésiastique protestant dont les écrits
ne fussent point en parfaite harmonie avec la
morale religieuse et les lois de l'état. Nous
nous sommes bornés à faire connaître les principaux d'entre eux.

Les chefs de la *Réforme* avaient assez de
génie et de bonne foi pour se convaincre
que les religions ne peuvent être utiles, et
conséquemment respectées, que quand elles
portent les citoyens à remplir leurs devoirs
avec zèle, et qu'elles recommandent sans
cesse aux magistrats d'être les premiers
sujets de la loi, de la faire exécuter avec

courage et impartialité, de donner l'exemple
des vertus, de protéger les faibles, de résister aux prétentions injustes des grands,
et de rendre constamment justice à tous.

AUTEURS CATHOLIQUES-ROMAINS

qui attribuent aux papes le droit de déposer les souverains, et dont une grande partie autorise à les frapper de mort quand et comment il plaît à la divinité de l'inspirer aux esprits dignes d'exécuter ses arrêts.

Le cardinal Bellarmin, jésuite.
De Rom. Pontif. lib. V, c. 6 et 7. *De Transl. imp.* tome II. *Controv.* 2, l. I, c. 28 et 30, et dans les six Réponses sur les affaires de Venise, *in Responsione triplici nodo,* et sur *Ep. Rom.* c. 13, pages 322 et 323. *Apol. pro resp. triplici nodo contra Jacobum I, regem Angl.* pages 58, 234 et 247, édition de 1608, *in-8°.*

Opuscul. de Rom. Pontif. page 249 , édit. Col.

Le cardinal Tollet, jésuite.

Just. Sacerd. l. V , c. 6 , n. 17 , page 738 , et *Annot.* 2 , *in cap.* 13 , *Ep. ad Rom.*

Le cardinal du Perron.

Œuvres diverses, pages 600 et suivantes , et son *Discours* du 2 janvier 1615 , *Merc. de France*, page 270.

Autre *Discours* du 8 janvier.

Stapleton, théologien de Louvain.

Ordonnance du chapitre de Reims, du 20 mars 1689, le siége vacant.

Procès-verbal de la chambre ecclésiastique, pages 209 , 214 , 215 , 216.

Lettre du Clergé, en 1639.

Apologie du docteur Jean Petit, cordelier.

Thèse de Jean Tanquerel, à Paris , 1561.

Ozorius.

Strada.

Amicus.

Herrera.

Valentia, jésuite, *Théol.* tome III, 1595, soutient que le pape peut déposer un prince apostat, et que tous les orthodoxes n'en font aucun doute. Il ajoute qu'il n'y a que les hérétiques qui le nient.

Mariana, jésuite, enseigne le régicide, liv. I, *de Rege et Regis inst.* 1599, c. 5, 6, 7, 8 et 9.

L'Aiman, liv. III.

Salmeron.

Pereira.

Eudemon (Jean.)

Garnet.

Benoît, Justinien, *contra Venetos.*

Keller, *Admonitio ad regem.*

Frison, *Vie de Bellarmin.*

Tarrès, J, 2 t. q. 12.

Santarel, *Tr. de l'Hérésie,* dont furent extraites onze propositions. On brûla ce livre à Paris, par arrêt du 13 mars 1626.

Bonnani, *des Médailles des papes,* 2 v. page 483.

N. B. Nous aurions pu en citer une in-
finité d'autres ; mais nous avons cru devoir en
signaler seulement quelques-uns, pris au ha-
sard, parmi ceux qui ont traité de la matière *ex professo.*

Personne ne connaît mieux le clergé romain, et ne montre plus de sagesse dans
l'administration des affaires religieuses, que
MM. Zchutner, Montgelas et Rhienswald ;
aussi ont-ils la gloire d'avoir fait dans la
Bavière les changemens heureux attendus
long-temps par les hommes raisonnables et
amis des mœurs, commencés autrefois avec
prudence par le vertueux Ganganelli, im-
prouvés depuis par le père Lefranc, et sup-
primés inconsidérément par le prince crédule
dont ce fanatique était le directeur.

ARRÊTS

portés contre les auteurs d'écrits religieux tendans à provoquer l'assassinat.

Parlement de Paris.

Arrêt du 2 décembre 1591.

Arrêt du 29 décembre 1594.

Arrêt du 7 janvier 1595.

Arrêt du même jour, prononcé le 10.

Autre arrêt contre Le Bel, écolier des jésuites.

Autre contre Alexandre, jésuite Ecossais.

Arrêt du 21 août 1597.

Arrêt du 1er octobre 1597. Hist. Mathieu.

Remontrances du parlement de Paris, du 24 décembre 1603.

Arrêt du 8 juin 1610, qui condamne au feu le livre de Mariana.

Arrêt du 26 juin, contre le livre de Suarès.

Arrêt du 27 mai 1610.

Autre du 26 novembre 1610, contre le cardinal Bellarmin.

Arrêt du 2 janvier 1615.

Arrêt du 30 octobre 1625, qui condamne au feu l'*Admonestation au roi.*

Autre du 17 mars 1626, contre les jésuites.

Arrêt du 22 décembre 1611.

Arrêt du 13 mai 1626, contre le livre de Sanctarelle.

Arrêt du 22 février 1713, contre l'historien Jouvency.

Arrêt du 24 mars 1713.

Parmi beaucoup d'autres arrêts non rendus par le parlement de Paris, on distingue les actes mentionnés ci-après :

Décret du sénat de Venise, en août 1606.

Autre du 13 mars 1612.

Décret du duc de Parme, du 16 février
1607.

Cahiers du tiers–état, de 1615.

Arrêt du conseil-d'état , du 3 mai 1644 ,
contre Herreau.

Arrêt du parlement de Toulouse, séant à
Béziers , contre l'évêque, les capucins et les
carmes de cette ville.

TABLE

des Chapitres contenus dans le premier volume.

CHAPITRE PREMIER. *Naissance d'Adolphe. — Ses études. — Mort de ses parens. — Origine de son amitié avec Georges Gloritz. — Comment ils méritent d'être comparés à Oreste et à Pylade.* . . . . *Page* 1

CHAP. II. *Leur arrivée dans la capitale. — Ils font la connaissance d'Euphémie.* 17

CHAP. III. *Aventures d'Euphémie.* —

Tome IV. 13

Discussion à son sujet entre les deux
amis.......................... 33

CHAP. IV. *Supplice d'une Juive.* —
*Ses cendres sont recueillies par une
amie.....................* 50

CHAP. V. *Histoire de Zoé Lévi, racontée par Thècle Benjamin, sa compagne.* — *Premiers crimes du Dominicain, sous le nom de Guillonn.* 57

CHAP. VI. *Les deux amis quittent la
France.* — *Leur arrivée chez milord
Gloritz.* — *Évènement fortuné..* 68

CHAP. VII. *Séparation des deux amans.*
— *Souper au Bagnio.........* 83

CHAP. VIII. *Visite rendue par milady*

Gloritz et Onelly à la comtesse Wes-
ners. — Souper avec des moines. —
Assassinat du père André, provoqué
par son confrère Géréon. — Enlève-
ment d'Onelly............. 94

CHAP. IX. Chasse forcée où se trouvent
les deux amis........... 111

CHAP. X. Promenade dans Saint-
James - Park. — Description de ce
jardin............. 115

CHAP. XI. Bol exemple de piété filiale. — Tableau des vicissitudes humaines............. 127

CHAP. XII. Arrestation de Géréon et
des autres ravisseurs d'Onelly. —
Adultère puni. — Incendie.... 144

CHAP. XIII. *Arrivée d'Onelly, de Georges et d'Adolphe, chez le lord Gloritz.* 151

CHAP. XIV. *Glocersters et ses complices paraissent devant leurs juges. — Défense de Géréon.* 157

CHAP. XV. *Combat de bêtes féroces. — Dangers courus par le lord Gloritz et sa famille. — Héroïsme de bienfaisance.* 165

CHAP. XVI. *Fête funèbre présidée par le lord Gloritz. — Hommage rendu à la vertu et à la beauté d'Onelly.* 181

CHAP. XVII. *Stratagême et songe de Géréon. — Son évasion.* 187

Fin de la Table du premier volume.

TABLE

des Chapitres contenus dans le
second volume.

CHAPITRE XVIII. *Visite des deux
amis au lord Parcley. — Tableau
de famille.............. Page* 1

CHAP. XIX. *Géréon cherche un asile
chez madame Fisher, l'une de ses
pénitentes. — Comment il est forcé
de quitter cette maison........* 9

CHAP. XX. *Du mariage. — Plaisirs
purs des époux. — Avantages et peines*

attachés à l'union conjugale. — Entretien intéressant de Georges et
d'Adolphe à ce sujet........... 24

CHAP. XXI. Le moine monte chez
une prêtresse de Vénus. — Il veut la
tromper. — Nouveaux dangers qu'il
court. — Il se sauve en commettant
un crime. — Projet de vengeance. —
Remords................... 36

CHAP. XXII. L'oiseau d'Onelly s'é-
chappe dans le jardin de son père.
— Ce que fait Hémandel pour l'at-
traper. — Sa récompense....... 46

CHAP. XXIII. Géréon se présente chez
M. Oley, ministre protestant. —
Comment il l'intéresse à son sort.
— Leurs adieux............. 55

CHAP. XXIV. *Promenade de Gloritz,
d'Onelly et d'Adolphe sur les bords
de la Tamise.* — *Villageois anglais.*
— *Le Wauxhall.* — *Plaisirs multipliés dont on y jouit*......... 65

CHAP. XXV. *Géréon s'empare de l'imagination d'une servante d'hôtellerie,
en lui parlant de son amant*.... 74

CHAP. XXVI. *Hémandel et Gloritz
sont invités à un repas délicieux
par le lord Poodbie.* — *Surprise
agréable.* 81

CHAP. XXVII. *Histoire d'Euphrosine.*
— *Leçon donnée aux jeunes demoiselles.* 88

CHAP. XXVIII. *Histoire d'Aglaé,*

prostituée par sa mère. — Usage odieux établi dans la capitale du monde chrétien. 98

CHAP. XXIX. Histoire de Thalie. — Aventure singulière à laquelle son mariage donne lieu. 103

CHAP. XXX. Moyens infâmes dont se sert Géréon pour abuser de Catherine , domestique de l'auberge. 113

CHAP. XXXI. Catherine est chassée de l'hôtellerie. —.Vol commis par le moine. — Il va rejoindre la jeune fille. — Vengeance de Géréon. — Evénement affreux. — Onelly tombe au pouvoir du cénobite. 121

CHAP. XXXII. Tableau déchirant.

(153)

— *Affliction profonde d'Adolphe.*
— *Consolations de Georges.* . 129

CHAP. XXXIII. *Dialogue intéressant entre le moine et milady Gloritz.* — *Géréon adoucit le sort cruel de sa victime.* 134

CHAP. XXXIV. *Vives inquiétudes du vieux lord.* — *Une lettre de son fils les accroît.* — *Une autre lettre d'Onelly brise son ame.* — *Retour des deux amis.* 142

CHAP. XXXV. *Terreurs de la jeune lady.* — *Un inconnu lui promet de la soustraire à la scélératesse du moine.* — *Géréon lui apporte une lettre de son père.* 147

CHAP. XXXVI. *Monologue d'Onelly.*

— *Arrivée du moine.* — *Heureux incident.* 153

CHAP. XXXVII. *Etrange message.* — *Onelly espère recouvrer sa liberté.* — *Le moine se promet d'assouvir sa passion.* 158

CHAP. XXXVIII. *Onelly est ravie au moine.* — *La foudre délivre la jeune insulaire, et punit le crime.* . . 162

CHAP. XXXIX. *Géréon apprend la fuite de milady Clorita, il en instruit les parens de cette jeune personne, et retourne à Londres.* — *Il épouse secrètement Catherine.* 168

CHAP. XL. *Onelly rencontre deux chasseurs.* — *Ils la conduisent dans une ferme.* 171

(155)

ᴀᴘ. XLI. *La jeune lady est rendue*
à sa famille par le vertueux Oley. 176

ᴀᴘ. XLII. *Géréon dans son ménage.*
— Sa cupidité lui fait commettre de
nouveaux crimes. — Mort du célèbre
Sidney. — Le moine passe en France
avec sa femme. 181

ʜᴀᴘ. XLIII. *Surveillance paternelle.*
— Promenade des deux amans.—
Leur générosité. 187

Fin de la Table du second volume.

TABLE

des Chapitres contenus dans l
troisième volume.

CHAPITRE XLIV. *Conversation d'H
mandel et de Gloritz. — Temple d
la volupté.* . . . . Page

CHAP. XLV. *L'innocence aux prise
avec l'amour. — Dangers d'un tête
à tête. — Séparation forcée. —
Adolphe congédié par le père de son
amante.* 10

CHAP. XLVI. *L'épouse de Géréon re*

ouve l'amant qu'elle croyait mort.
— Il l'éclaire sur la fourberie du
moine. 16

AP. XLVII. *Sollicitude paternelle.*
— Pardon accordé à milady Gloritz. 23

AP. XLVIII. *Combat entre le devoir*
t l'amour. — L'épouse de Géréon
trahit la foi conjugale. 29

AP. XLIX. *Hémandel justifié par*
son ami, qui le réconcilie avec le
vieux lord. 35

HAP. L. *Triple intrigue.* — Projet de
vengeance. 42

HAP. LI. *Célébration d'une fête nup-*

tiale, à laquelle assistèrent le je
Français et la famille du lord..

CHAP. LII. *Fureurs jalouses.* — V
geance du moine. . . . .

CHAP. LIII. *Le lord Gloritz pro*
à Hémandel la main d'Onelly.
Contretemps fâcheux. — *Adol*
repasse en France. . . . . . .

CHAP. LIV. *Géréon visite les victim*
de sa rage. — *Les remords l'assiég*
de toutes parts. — *Il médite un n*
veau crime. . . . .

CHAP. LV. *Mort de l'aïeul matern*
d'Hémandel. — *Il fait la conna*
sance de M. Zori, ecclésiastique re
pectable et ami du défunt. — *Beau*

et sagesse de mademoiselle Bertin,
parente de M. Zori. 82

CHAP. LVI. *Motifs qui déterminent
le vieux lord à vendre une partie
considérable de ses propriétés. —
Amusemens d'Onelly pendant l'absence de son amant. — Occupation
de Georges.* 89

CHAP. LVII. *Moyen employé par le
moine pour s'assurer les avantages
de l'impunité.* 96

CHAP. LVIII. *Dîner chez M. Zori.
— Entretien relatif au célibat et
au mariage des prêtres.* 102

CHAP. LIX. *Adieux du lord Gloritz
et de sa famille au respectable Oley,*

ministre protestant. — Récit de
M. Foster. — Comment il re-
couvrit sa fortune. 116

CHAP. LX. Apostolat de Géréon. —
Malheurs et vertus des protestans.
— Effets du fanatisme. . . . 122

CHAP. LXI. Arrivée en France de la
famille du lord. — Accueil flatteur
que lui fait M. Zori. 136

CHAP. LXII. Continuation de l'apostolat du moine. — Il devient amoureux de Victorine. — On neutralise
ses projets. — Vengeance médi-
tée. 141

CHAP. LXIII. Bastide d'Hémandel.

— Sa description. — Réunion senti-
mentale. 148

CHAP. LXIV. Fin tragique d'Ursule.
— Géréon protège le meurtrier. —
Avis donné au père de Victo-
rine. 155

CHAP. LXV. La vertu et la tendresse
font le bonheur des deux amis. 162

CHAP. LXVI. Géréon emploie l'assassin d'Ursule pour s'assurer de Victorine. 169

CHAP. LXVII. Éléonore vaincue par
l'amour. — Ses regrets. — Georges
les appaise. 176

Fin de la Table du troisième volume.

TABLE

des Chapitres contenus dans le quatrième volume.

CHAPITRE LXVIII. *Une inconnue arrache une victime à Géréon, et fait connaître à cette jeune personne toute la perfidie de ce monstre. — Le moine dénonce Valentin à la justice.* . . . . Page 1

CHAP. LXIX. *Georges fait à M. Zori la confidence de ses amours. — Secret de la naissance d'Éléonore. — Principes du jeune lord, en oppo-*

sition avec ceux de cet ecclésiastique.. 8

CHAP. LXX. Géréon rend visite à
Éléonore. — Il veut la violer. —
Comment Onelly retombe au pouvoir du moine. — Événemens inattendus. 23

CHAP. LXXI. Géréon démasqué. —
Les amans et leurs familles sont
forcés de quitter la France. — Ils se
réfugient en Suisse. 34

CHAP. LXXII. Arrivée à Lausanne.
— Rencontre imprévue. — Scène
d'une horrible singularité. . . . 46

CHAP. LXXIII. Reconnaissance inté-

ressante. — Lettre de Georges à
M. Zori. — Dénouement. 59

Notes du premier volume. 71

Notes du second volume. 87

Notes du troisième volume. 97

Notes du quatrième volume. . . . 121

Auteurs protestans qui recommandent
formellement d'obéir aux lois et de
respecter les magistrats. . . . 133

Auteurs catholiques-romains qui attribuent aux papes le droit de déposer
les souverains, et dont une grande
partie autorise à les frapper de
mort quand et comment il plaît à la
divinité de l'inspirer aux esprits
dignes d'exécuter ses arrêts. . 137

Arrêts portés contre les auteurs d'écrits
religieux tendans à provoquer l'assassinat. 141

Fin de la Table du quatrième volume.